Y

ÉPIS

BLEUETS

ET

COQUELICOTS

PAR

ALEXANDRE GUERIN

AVEC UNE PRÉFACE

PAR

JACQUES ARAGO

PARIS

CHEZ L'AUTEUR, PLACE DAUPHINE, 13

1854

ÉPIS

BLEUETS ET COQUELICOTS

ÉPIS

BLEUETS

ET

COQUELICOTS

PAR

ALEXANDRE GUERIN

AVEC UNE PRÉFACE

PAR

JACQUES ARAGO

PARIS

CHEZ L'AUTEUR, PLACE DAUPHINE, 13,

1853

PARIS.—TYP. BEAULÉ ET Cᵉ, R. J. DE BROSSE, 10.

AVANT-PROPOS.

—

Aujourd'hui, il en est des livres à peu près comme des tombes, de sorte que les épitaphes de celles-ci ressemblent tant soit peu aux préfaces de ceux-là.

Donc, flâneurs ou passants, amis et connaissances, vous tous qui pourriez feuilleter ce petit livre, ne voyez, je vous en supplie, qu'un gage d'amitié dans la préface de Jacques Arago.

Cependant, comme il faut être respectueux envers les morts, gardez-vous d'insulter à ma cendre et priez Dieu pour le repos 'e mon âme.

Ainsi soit-il !

ALEXANDRE GUÉRIN.

PRÉFACE.

A quoi bon une préface, quand le livre se défend de lui-même? A quoi bon un cadre, quand le tableau est signé Vernet, Rosa Bonheur, Scheffer ou Paul Delaroche? A quoi bon un collier ou un diadème, quand la divinité s'appelle Magdelaine Brohan, Figeac, Page ou Luther?

Je vous connais, mon maître, vous ne m'avez demandé quelques lignes que parce que vous avez le sentiment de votre valeur.... C'est de l'hypocrisie, et voilà tout.

Si vous ne disiez pas qu'il y a de la poésie dans votre prose, de l'élégance, du nombre, de l'harmonie dans votre phrase; si vous ne conveniez pas que votre vers est facile, bien coupé, que vos rimes sont presque toujours riches jusqu'à la servilité, vos pensées chastes ou coquettes, exprimées avec un goût exquis, vos épithètes imprévues et de bonne maison, vous ne seriez de l'avis de personne, et vous vous attireriez la colère de tous vos lecteurs; vous êtes trop poltron pour vous y exposer.

Allez, allez, votre livre *se vendra* parce qu'il sera *loué*...
Vous voyez que ma maladie est incurable... Votre dé-
licieux petit volume s'épanouira dans toutes les biblio-
thèques, il sera ouvert dans tous les boudoirs, on en
causera dans les salons, parce qu'il est honnête, pimpant,
caressé de mains de maître; on le fêtera, parce qu'il y a
là du cœur, de la verve et de la distinction.

Des lèvres de dix-huit ans lisaient l'autre jour, à haute
voix, les pages que vous venez de buriner; un front de
plus de cinquante hivers les écoutait avec émotion....
front découronné, lèvres toutes roses étaient d'accord;
vous avez fait un bon, un excellent livre, Alexandre
Guérin, vous avez une délicatesse incomprise de la plupart des écrivains de nos jours, et vous vous posez au
premier rang, quand votre modestie voudrait vous mettre
à l'écart.

Faites de ces lignes non pas seulement amicales, mais
sincères, l'usage que vous voudrez; je me sens tout fier
d'avance de voir mon nom placé à côté du vôtre.

Jacques Arago.

ÉPIS

BLEUETS ET COQUELICOTS

NOUS N'IRONS PLUS AU BOIS.

L'enfance est un album plein de célestes choses
Qu'on aime à feuilleter dans les jours de chagrins ;
L'enfance est un buisson plein de nids et de roses
Où des milliers d'oiseaux gazouillent leurs refrains.
Mais l'âge vient : adieu les rondes enfantines !
Nos rêves ont menti, nos cœurs se sont trompés ;
On dit, en effeuillant sa couronne d'épines :
Nous n'irons plus au bois, les lauriers sont coupés.

Notre âme, hier encore, abeille fugitive,
Aux fleurs de l'espérance empruntait un doux miel ;
Mais toute fleur, hélas ! tient de la sensitive,
Et l'espérance n'est qu'un mirage du ciel.
Sous un soleil de feu nous marchons sur le sable.
Plus de berceaux touffus... le sort les a frappés ;
De la réalité la faulx est implacable !
Nous n'irons plus au bois, les lauriers sont coupés.

Mais vous, blonds chérubins, blanches petites filles,
De bleuets et d'épis semez votre chemin ;
Pour vous, il est des fleurs et jamais de faucilles ;
A vous le ciel, car Dieu vous mène par la main.
Notre gaîté parfois à la vôtre s'allume...
Chantez donc, doux oiseaux de la cage échappés,
Ce refrain dont vos cœurs ignorent l'amertume...
Nous n'irons plus au bois, les lauriers sont coupés.

LE MYOSOTIS.

Petite fleur étoilée,
Fleur du souvenir,
Près de toi l'âme envolée
Semble revenir.
Quand, rêveur, je te respire,
Tu me dis tout bas:
Enfant, votre cœur soupire,
Ne m'oubliez pas!

Vers le sol si tu te penches,
Mon œil croit saisir
A chacune de tes branches
L'ombre d'un désir;
Ton image fraîche et pure
Sourit au trépas;
Par toi la tombe murmure:
Ne m'oubliez pas!

Lorsque la vierge tremblante,
De son cœur distrait,
T'épelle d'une voix lente
Le plus doux secret,
Un soupir naît et s'envole...,
Où va-t-il?... Là-bas!...
Ta devise la console:
Ne m'oubliez pas!

Le pauvre poète implore,
Dans un lourd sommeil,

Pour ses chants qui vont éclore
Un peu de soleil;
Mais, souvent, à l'ombre il souffre;
L'oubli suit ses pas...,
Puis il chante au bord du gouffre:
Ne m'oubliez pas!

LA VALSE.

J'aime à vous voir, folles en robe blanche,
Rire et valser au bruit d'un doux concert;
Usez gaîment votre jour du dimanche
Qui d'un long jeûne est pour vous le dessert

Le frôlement de vos robes éveille
Plus d'un désir qui vous guette en chemin;
N'offensez pas l'œil de Dieu qui vous veille ·
Folles ce soir, soyez sages demain.

Mais qu'aperçois-je au milieu du quadrille?
Un doux regard vous fait baisser les yeux...
Et vous glissez sous votre humble mantille,
Billet d'amour qui fait rêver aux cieux.

Oh! prenez garde; enfant, prenez bien garde:
N'effeuillez pas les roses du printemps.
Songez-y bien : la vierge vous regarde,
Et l'Amour fuit sous les ailes du temps.

Qui sait, d'ailleurs, si la valse prochaine
Ne cache point parmi ses tourbillons,
La main qui doit vous forger une chaîne,
Vous donner l'or, la honte ou des haillons?

Ne jetez pas, jeunes filles que j'aime,
La raillerie à mon front attristé ;
Je tremble ici pour votre diadème,
Pour votre cœur et pour votre beauté !

Vous ignorez, pauvres sœurs, pauvres anges,
De l'avenir quel est le piédestal !
Ce soir, l'alcôve aux somptueuses franges...
Oui ; mais demain ?... Un grabat d'hôpital !

Que dis-je ? enfant !... mes pensers toujours sombres,
Versent en vain le deuil sur tout plaisir ;
J'ai tort : dansez, valsez, comme des ombres,
Blancs papillons que nul ne peut saisir !

Déjà l'orchestre a soufflé dans mon âme
Parfums, soupirs, doux rêves et frissons
Dansez, enfants ! riez de qui vous blâme !
Cueillez la rose en dépit des buissons !

Pour alléger sa trop longue souffrance,
Chacun de nous n'a-t-il pas son hochet ?
Bondissez donc de joie et d'espérance !
Jusqu'à minuit va résonner l'archet !

J'aime à vous voir, folles en robe blanche
Rire et valser au bruit d'un doux concert ;
Usez gaîment votre jour du dimanche
Qui d'un long jeûne est pour vous le dessert

LE JOUR DES MORTS.

« Pourquoi ces chants de deuil et ces funèbres voiles? »
—La terre est sans amours et le ciel sans étoiles.
Les cloches ont versé la crainte et le remords
Sur le front des vivants et la cendre des morts.
—Ecoutez... on dirait que les feuilles jaunies
Chuchottent lentement de sombres litanies.
Minuit, en épelant sa lugubre chanson,
Aux échos d'alentour a donné le frisson,
Et la bise sanglotte au fond de la vallée
Comme une jeune veuve au pied d'un mausolée.
Dans les champs, dans les bois, à travers les faubourgs,
Le long des boulevarts, au coin des carrefours,
Dans les palais—et même au front des citadelles,
On entend des soupirs et des battements d'ailes.—

O pieux préjugés!—ô pensers décevants!
C'est la Fête des morts... et l'effroi des vivants!
Beaux anges de candeur, de paix et d'innocence,
Vous que la Foi protége et que l'Amour encense,
Ne tremblez pas : la mort sera douce pour vous.
Elle n'a ni prisons, ni chaînes, ni verroux...
Et, lorsque son appel retentit dans l'espace,
Levez les yeux au ciel—c'est le Seigneur qui passe!
La mort! bénissez-la sans crainte et sans douleur,
Car c'est l'ange gardien qui venge le malheur.
La mort! c'est la puissance unique et solennelle ;
C'est le code sacré, la justice éternelle ;

C'est la robe de neige et le souffle de feu !
—La mort, c'est l'avenir, c'est l'idéal,—c'est Dieu.

Non, non, ne tremblez pas ; vous avez l'âme blanche
Comme les lys bénis qui versent le dimanche
Leurs célestes parfums aux vierges des autels ;
Vous ignorez le monde et ses lâches cartels.
Le ciel qui ne veut pas que vos fronts soient moroses
A jeté dans vos cœurs du soleil et des roses
Et chacun de vos vœux peut essayer son vol
Frais comme un papillon, doux comme un rossignol.

Ne tremblez pas ; donnez, ravissantes colombes,
Une prière aux morts et des bouquets aux tombes.
Les tombes, mes enfants, sont aussi des berceaux. —
Demain, vous reprendrez vos jeux et vos cerceaux,
Mais priez aujourd'hui... la prière des anges
Fait que tous les linceuls se transforment en langes.

. . . .

. . . .

Au ciel pas une une étoile en effet ne scintille ;
Mais ma lampe rayonne et mon âtre pétille.
Qu'il est doux, à cette heure où tout bruit a cessé,
De feuilleter, rêveur, le livre du passé !
Le pire des tombeaux est un cœur insensible :
—Avec le souvenir la mort est impossible.
Le néant n'est qu'un mot par Satan inventé,
Le jour qu'il fut jaloux de la divinité !
Le néant ! mais ce mot est la devise infâme
Des gens qui n'osent plus lire au fond de leur âme,
Et dont la conscience—effroyable séjour —
Hurle pendant la nuit et se cache au grand jour.

Le néant ! nul n'y croit, et la preuve, il me semble,
C'est qu'au bord du tombeau le plus résolu tremble :
On blasphême, on s'enivre afin de s'étourdir,
Mais chacun sent en soi l'éternité bondir !

Frères, bénissons Dieu qui nous a faits poètes
Et qui réserve un port à toutes les tempêtes ;
Puis, pour mieux accomplir un glorieux devoir,
Ranimons en chantant le courage et l'espoir.
A travers les tombeaux étudions la vie.
Pour étouffer l'orgueil, l'égoïsme et l'envie,
D'un but trop redouté fleurissons les chemins...
On nous suivra peut-être... et les pauvres humains,
Méprisant désormais leurs idoles d'argile,
Pour code choisiront le sublime Evangile.

Chante, mon âme, chante, et que ton doux concert
De fantômes aimés peuple mon toit désert.
Et vous, Muse, ma sœur, ouvrez à la cohorte
Des revenants chéris qui frappent à ma porte.—

Consolants souvenirs des jours qui ne sont plus,
Faites de mon grenier l'asile des élus ;
Frais oiseaux du ciel pur de ma joyeuse enfance,
Gazouillez le refrain de la vieille romance
Qu'un ange me chantait afin de m'endormir,
Quand la brise du soir commençait à gémir ;
Dites-moi les accords que l'orgue de l'église
Verse au cœur innocent qu'un beau rêve électrise ;
Dites-moi les récits que, d'un air solennel,
Brodent les grand' mamans la veille de Noël ;
Parlez-moi de mes sœurs !—parlez-moi de ma mère !!
Dites-moi son amour, ses veilles, sa prière.....—

Dites-moi de ces vers parfumés et brûlants
Comme le cœur en trouve alors qu'il a seize ans !
Dites-moi ces doux mots—naïve confidence
Qui commence a la messe et finit à la danse.—
Dites-moi ces instants inondés de soleil,
Où l'âme prend son vol, où le front est vermeil ;
Dites-moi ces beaux jours que l'idéal effleure,
Où l'on aime, où l'on chante, où l'on croit, où l'on pleure.
Dites-moi... mais le vent siffle dans le lointain...
Ma lampe va mourir et mon âtre s'éteint !..—

. . . .

Ainsi que des oiseaux chassés par la tempête
Mes rêves sont partis !...—Ma pensée inquiète
Cherche en vain à les suivre !—O mes oiseaux bénis,
Là-haut chantez pour moi dans vos célestes nids,
—Chantez pour que mon âme, à l'heure solennelle,
Aux fenêtres de Dieu puisse battre de l'aile.

LE FEU D'ARTIFICE.

Alerte ! on va tirer le grand feu d'artifice !
La foule jette au vent des milliers de bravos,
Et le canon, ce soir, pur enfant du caprice,
Énerve en bondissant les plus lointains échos.
Accélérons : déjà la première fusée
    Vers le ciel a pris son essor...
    Une autre bientôt l'a croisée,
   Puis en voici vingt nouvelles encor !
Mais voyez donc ce champ dont les épis superbes
    En un clin d'œil se transforment en gerbes'

Et ces mille serpents, gracieux et fluets,
   Qui, subissant mille métamorphoses,
Nous offrent en sifflant leurs guirlandes de roses.
   Et leurs couronnes de bleuets !
    — En vérité c'est admirable,
   Et tel effet ne peut être durable.

. . . .

Rien, plus rien ; c'est fini... cependant le canon
Au peuple émerveillé semble dire que non.
En effet tout-à- coup, un formidable orage
Naît, s'élève et grandit, en hurlant dans les airs :
Il porte dans ses flancs l'épouvante et la rage,
Et vomit sur nos fronts de longs torrents d'éclairs.
C'est le bouquet !... Bravo !!... les masses étouffées,
   Bouche ouverte et le nez au vent,
   S'imaginent, pour un moment,
Voir lever le rideau d'un théâtre de fées.

. . . .

Mais le canon se tait et l'orage s'éteint :
Cette fois, tout est dit ; le fait est bien certain.
   La foule seule est encore animée :
   Elle s'écoule lentement,
Disant : De tout cela que reste-il vraiment ?
   Si ce n'est un peu de fumée ?

  Illusions, mensonges des beaux jours,
Élevant sur le sable un immense édifice,
  Tendres serments, beaux zèles, grands discours,
Tonnerre de la gloire et soleil des amours...
Vous n'êtes rien, hélas ! rien qu'un feu d'artifice !

———

A UNE JEUNE DAME

QUI SE DIT VIEILLE

PARCE QU'ELLE EST MÈRE DE DEUX PETITES FILLES.

A deux fleurs du matin, fleur du soir enchaînée,
Pauvre mère, pourquoi vous croire ainsi fanée?
Vous inspirez l'amour et vous versez la foi !
D'ailleurs, la rose blanche, enfant, dites-le moi :
En est-elle moins rose, en est-elle moins blanche,
A cause des boutons qui naissent sur sa branche?

LE SAULE ET LE PEUPLIER.

Un peuplier vert, jeune et frêle,
Perdu dans l'air comme un clocher,
Semblait vouloir chercher querelle
Au ciel qui n'était point d'humeur à se fâcher.
        « Je gage... »
Dit notre arbre dans un accès
        De rage :
Que je gagnerai mon procès !
« Puisque le ciel sourit, pour faire du tapage,
» Cherchons sans plus tarder quelque autre personnage,
» Car ma mauvaise humeur a besoin d'un succès ! . »

Or, voici que, fier de sa taille,
Notre fluet, du haut de sa grandeur,
Entonne un refrain de bataille

A son voisin l'humble saule pleureur...
— « Oh! hé! là-bas... Monsieur l'ermite
» Vous m'agacez les nerfs, brutal!
» Avec votre air sentimental ;
» Au vent qui passe jetez vite
» Votre masque! jeune hypocrite...
» Nous sommes loin, d'ailleurs, des jours du carnaval. »

— Et sans daigner répondre à cette basse injure,
Le saule secouait sa longue chevelure. —

« Après tout, je comprends, poursuit le peuplier :
» Il existe des torts qu'on ne peut oublier,
» Le souffle du remords, comme un vent de tempête,
» A tous les criminels fait incliner la tête ;
» Et, franchement, voisin, vous êtes de ces gens
» Qui ne relèvent point les propos outrageants. »

— Le saule, comme une ombre étrange et recueillie,
Avait un doux frisson plein de mélancolie. —
« Hélas! dit-il avec l'accent d'un noble cœur :
» Mon âme est le berceau de toutes les souffrances ;
» Je porte dans mon sein l'éternelle douleur,
» Car j'ai vu s'envoler toutes mes espérances ;
» Ma vie est une plainte errante à tous les vents,
» Et mon règne n'est point du séjour des vivants.
» L'Amour et l'Amitié me proclament leur frère,
          » Et la poésie est ma sœur...
» Mais la mort seule est là quand j'appelle ma mère !...
          » Voilà pourquoi dans la poussière
» Je traîne jour et nuit mon front lourd et rêveur. »

Dans la foule ou bien solitaire,
Quand vous rencontrerez un de ces fronts pâlis

Dont les regards, creusant la terre,
Semblent analyser de grands faits accomplis ;
Enfants au brave cœur, mais à la tête folle,
Ne laissez pas s'enfuir votre rire qui vole
   Comme une flèche au cœur du malheureux,
Mais passez en silence et sans lever les yeux...
Jésus baissa le front malgré son auréole,
   Et vous savez, enfants, que le Christ est aux cieux !

A UNE JEUNE FILLE.

Petite fille de quinze ans
Que l'avenir berce et caresse,
J'aime à voir dans tes yeux brillants
Les rayons d'une pure ivresse.
Garde-toi de flétrir les jours
Qu'ici-bas le bon Dieu te donne·
Petite vierge des amours,
N'effeuille jamais ta couronne.

Quand les plaisirs te souriront,
Te caressant d'une main rose,
Oh ! n'abandonne pas ton front
A leur lèvre impie et morose !
Souvent la serre des vautours
Succède à main douce et mignonne·
Petite vierge des amours,
N'effeuille jamais ta couronne.

Les vierges ainsi que les fleurs
Sur terre ont mêmes destinées :
On s'enivre de leurs doux pleurs,
Et puis, lorsqu'on les a fanées,
A d'autres vite ayant recours,
Au hasard on les abandonne !
Petite vierge des amours,
N'effeuille jamais ta couronne.

LE PUFF.

FRAGMENT.

Qu'est-ce donc que le Puff?...—Le Puff est un canard
Stupide comme une huître et fin comme un renard ;
C'est un Argus créant des rôles de myope,
Ou Tartufe jouant celui de philantrope.
Le Puff est tour-à-tour pacifique et brutal,
Souvent même il affecte un air sentimental ;
Il se fait entraînant, mielleux, irrésistible,
Se montre colossal, devient imperceptible,
Se faufile partout, et fait tant et si bien
Que le ciel recevrait son âme de vaurien !

On se figure encor qu'il n'a pour tout domaine
Que tel ou tel bazar...—Pauvre nature humaine !
Jette sur ta croyance un léger grain de sel :—
Le Puff est infini, splendide, universel !

2

Il sait habilement l'art des métamorphoses,
Passe de la moutarde aux couronnes de roses,
Et, connaissant à fond les secrets du métier,
Mêle sa bave impure à l'eau du bénitier.
— Le Puff!... qui ne l'a point à son petit service?
— Sans excepter ici le cœur le plus novice !

Le Puff est une drogue, un malaise incessant
Qui vous ronge les os et vous suce le sang :
Tâtez bien votre pouls, la fièvre puffistique
Devra vous révéler son dard cabalistique.
Je ne veux point parler des puffs à grands fracas,
Mais de ces petits puffs mignons et délicats:
Bien gentils, bien musqués, ayant noble tournure
Et beaucoup de bonté flânant sur la figure...

. . . .

Vous ne comprenez pas ?... Allons donc ! Eh bien, soit,
Je vais sur de tels puffs mettre le bout du doigt.

Les attaques de nerfs de madame une telle !
Je baptise cela : — Puff à la bagatelle. —
Ces beaux anges d'amour qui vous rongent le cœur
Au nom de la vertu : — grand Puff de la pudeur !—
Ces papas, ces mamans qui vous vantent leur fille
Pour allécher l'hymen : — petit puff de famille. —
Ces recueils composés « *par les meilleurs auteurs,*
« *Patati, patata,* » — simples puffs d'éditeurs. —
Ces viveurs effrontés dont la harpe moisie
Roucoule tendrement : — gros puff de poésie !—
Ces nymphes de salons, sylphes des noirs hivers
Qui, mettant à profit les bals et les concerts

Pour venir au secours de la classe souffrante,
Quêtent, en affichant leur toilette enivrante,
Moins pour les malheureux que pour leur vanité....
Hélas ! trois fois hélas ! ! !— grand puff de charité !—
Et ces jolis parleurs pourris d'inconséquence,
Lorsqu'ils viennent au fait ·—vaste puff d'éloquence.
Et ces blonds chérubins, flâneurs et langoureux
Qui, promenant partout leurs soupirs et leurs vœux,
S'en vont effrontément dire à : « *de faibles femmes* :
» Le feu de notre amour n'a que de chastes flammes ;
» Nous aimons comme on aime au céleste séjour ! »
—Un des dix mille puffs du grand puff de l'amour !—
« Mon Arthur, j'aime mieux ta modeste chambrette
» Qu'un palais somptueux !... » Petit puff de grisette.—
Grands protecteurs de ceux qui n'ont besoin de rien,
Il est certaines gens qui vous veulent du bien
A tout prix et quand même !—Est-il besoin d'étude
Pour étiqueter ça?—Puff de sollicitude, —
Ces vertus de hasard qui, marchant à l'autel,
Semblent à leur passé proposer un cartel
En agitant les plis de leur robe d'archange
Et leur chaste bouquet...—Puff à la fleur d'orange.—
Ces confrères charmants qui, jusque sous le pied
Veulent vous couper l'herbe...—Humble puff d'amitié.
Ces papillons vieillis, sirènes enrhumées,
Invalides d'amour, grognards de ses armées,
Qui rabâchent sans cesse aux roses du printemps :
« La jeunesse se perd... jadis,—de notre temps, —
» Grâce à nos mœurs, l'amour n'avait d'autre conquête
» Que celle du bon droit ! » Puff de vieille coquette !
Tel ou tel fruit nouveau de tel ou tel auteur
N'est bien souvent, hélas ! qu'un puff d'escamoteur !

Certains comptes-rendus qu'on met comme un emplâtre
Sur le dos d'un mort-né...—Pauvre puff de théâtre !—

. . . .

Arrivent maintenant les puffs de romancier,
Les puffs de journaliste et les puffs d'épicier,
Les puffs à l'eau de rose et les puffs au vinaigre,
Le puff multiplié, mince, gros, gras ou maigre ;
Les puffs de bas étage, étroits et personnels
Suant la jalousie...— Et les puffs fraternels !—
Les puffs rôdeurs, sournois, honteux, pusillanimes...
Et les puffs déguisés—et les puffs anonymes !
Les puffs de deux millions—et les puffs de deux sous !

Vidons le fond du sac... Pouah ! !..—gare là-dessous !...

Quelle clique, bon Dieu !.. comme tout ça fourmille !...
Ah ! laissons ces crétins ruminer en famille ;
Oui, détournons les yeux de leur nid infernal :
Un plus long examen vraiment nous ferait mal !
Nous reverrons d'ailleurs ces cohortes d'insectes
Plus tard, dans tous les rangs et dans toutes les sectes.

   Ce monde est une mare, un fumier, un égout !
Si vous aimez le puff on en a mis partout.

LE BUSTE DE MOREAU.

A FERDINAND TALUET.

Salut à toi, jeune artiste dont l'âme
Veille au sein de la nuit comme un sacré flambeau ;
　　Salut à toi dont les regards de flamme
Ont redonné la vie aux cendres d'un tombeau.

　　... Il est un livre... un livre plein de charmes :
C'est le myosotis que nous savons par cœur,
　　Humble bouquet rafraîchi sous nos larmes,
Et que le vent du ciel caresse avec douceur.
　　Ce livre-là, si noblement sincère,
Dont chaque feuillet pleure et gronde tour-à-tour,
Fut dicté par la faim, écrit par la misère,
　　Et cependant, inspiré par l'amour...
Oh ! par ce saint amour que prêchent les apôtres
Et non l'amour de soi...—Dans sa propre douleur,
Moreau savait bercer la souffrance des autres :
En arrachant l'épine, il cueillait une fleur.

Triomphante, orgueilleuse, un jour, toute saisie,
La mort nous révéla ce Christ en poésie,
Et depuis, doux refrain des plus tendres échos,
Son nom grandit sans cesse au milieu des bravos.
Son nom grandit toujours !... mais la littérature
Seule, hélas !... et trop tard—fleurit sa sépulture.
Oui, d'un millier de luths les cordes ont frémi
Sans pouvoir réveiller le poète endormi.

Eh ! quoi, lorsque son livre à chaque mot recèle
De son âme envolée une chaude étincelle...
On n'avait point songé, pauvres esprits distraits,
A ressaisir du moins une ombre de ses traits !

C'est mal, oh ! c'est bien mal !... un tel oubli m'attriste,
C'est une large tache au front de tout artiste !
Oui !... lorsque tant de nains ont eu leur piédestal,
Il n'avait, lui, Moreau, qu'un masque d'hôpital,
Pauvre tête de mort au front plein de tempêtes,
Et qui roulait chez Guy parmi d'ignobles têtes (1).

. . . .

Visage que nos yeux ont rêvé si souvent,
Apparais-nous enfin, apparais-nous vivant !
Que ce front porte bien les éclairs du génie !
Sur ses lèvres se glisse un reflet d'ironie :
Ce regard plein d'amour vers le ciel envolé
Est celui du penseur dans la foule isolé.

« Bravo !... c'est lui ! bravo !! Muse de la sculpture,
» Ta verve a bien compris cette immense figure !
» Ce buste qu'on admire et que nous chérissons,
» C'est celui de Moreau, nous le reconnaissons.
» Ah ! puisse un vaste accueil le prendre sous ses ailes !
» Qu'il soit, tous les matins, chargé de fleurs nouvelles...
» Puisse-t-il, échappant à la fatalité,
» Passer avec son livre à la postérité ! .. »

. . . .

Et maintenant, frères, rendons hommage
Au beau zèle inspiré de l'artiste vainqueur...

(1) Guy, préparateur de l'École de médecine. Il a dans son étalage de
phrénologiste la tète de Moreau à côté de celles des suppliciés.

Qu'un doux soleil éclaire son courage !
—Ce vœu, nous le faisons du fond de notre cœur
Car nous l'aimons comme on aime un bon ange.
Du génie outragé souffletant le bourreau,
Noble et hardi, n'est-ce point lui qui venge
Le fantôme oublié d'Hégésippe Moreau?

LE CHANT DES FEUILLES.

Quand, plongé dans la solitude,
Mon esprit va je ne sais où...
La paresse est ma seule étude,
Mais je m'éveille tout-à-coup !
—C'est qu'ainsi que des demoiselles
A qui l'on défend de parler,
Les feuilles chuchotent entre elles
Lorsque le vent les fait trembler.
   Causeuses
    Mystérieuses,
Quand vous agite un vent bien doux,
    Que dites-vous?

Oh ! combien j'aime à les entendre,
Surtout à l'approche du soir !
Je crois voir glisser et descendre
Des ombres qui viennent s'asseoir...
Près de moi, chacune s'élance
Avec un sourire trompeur...
Puis, tout rentre dans le silence :
Alors, je frissonne et j'ai peur !

Causeuses
Mystérieuses,
Quant vous agite un vent bien doux,
Que dites-vous?

Ici-bas, tout a son langage :
Or vous avez le vôtre aussi ;
Pourtant, on rirait, je le gage,
Si quelqu'un m'entendait ici !
Qu'importe ! mon âme bercée
Se plait sous vos branchages verts,
Et votre plainte cadencée
M'apporte d'enivrants concerts.
Causeuses
Mystérieuses,
Quand vous agite un vent bien doux
Que dites-vous ?

Chantez et murmurez encore :
J'aime vos frileuses chansons ;
Dans mon cœur elles font éclore
De bien douces illusions.
Je vous crois l'image fidèle
Des luths aimants qui ne sont plus,
Et mon âme, entr'ouvrant son aile,
S'envole au séjour des élus !
Causeuses
Mystérieuses,
Quand vous agite un vent bien doux,
Que dites-vous?

ROSE BLANCHE.

A Mlle MARIE ROLAND.

Riche de son parfum, belle de sa pâleur,
 Une petite rose blanche
 Se berçait sur sa branche
Sans songer au destin de toute pauvre fleur.
 Un jour, — jour de deuil et d'orage ! —
 Certain seigneur du voisinage,
A la moustache blonde, au souris dédaigneux,
Sur elle, par hasard, vint à jeter les yeux.
— « Oh ! pour Dieu, lui dit-il, charmante prisonnière,
» Croyez-moi, votre place est à ma boutonnière ! »
 Aussitôt dit, aussitôt fait,
 Car il était grand seigneur, en effet.

Épuisant les trésors de sa douce conquête,
Il la traita bientôt de folle, de coquette,
 Puis enfin, trouvant sous sa main
 Milliers d'autres fleurs en chemin,
Au vent, d'un air superbe, il jeta la pauvrette !

Un petit enfant passe : auprès d'elle il s'arrête ;
Guidé par un cœur noble et par un pur désir,
 Il allait s'en saisir
 Quand, la voyant toute fanée,
 Il la laissa morte et découronnée,
L'honorant d'une larme et d'un chaste soupir.

Sous le regard d'un grand, si votre front se penche,
Jeunes filles, mes sœurs, songez à rose blanche.

FRAGMENT DE PAYSAGE.

Plane-t-il sur mon front quelque penser morose ?
Mes châteaux en Espagne, hélas ! sont en débris !
Mais de ma blonde enfance au grand soleil éclose
Les souvenirs vainqueurs m'offrent de doux abris..

C'est alors que mon âme en secouant ses ailes
S'envole de Lutèce aux perfides réseaux
Vers ma vieille province aux gothiques tourelles,
Aux toits hospitaliers d'ardoise ou de roseaux.

Oui ; ma terre natale est un doux paysage
Que souvent je caresse et du cœur et des yeux ;
J'y sais plus d'un réduit, plus d'un secret ombrage
Encor tout parfumés d'un encens précieux.

Amis, figurez-vous une immense couronne
De saules, de tilleuls, d'acacias, de buissons,
Tremblant au front hâlé du pays qui rayonne
Comme un frais éventail tout peuplé de chansons.

Là-bas, voyez encor la sculpture hardie
De l'église aux vitraux dont les mille couleurs
Imitent au soleil un foyer d'incendie
Ou d'étranges bouquets de gigantesques fleurs !

Plus loin, comme écrasé sous sa longue existence,
Est un couvent désert semblant pleurer sur nous !
On dit que, chaque nuit, pour faire pénitence,
Vierges et chérubins s'y donnent rendez-vous !

A droite, ô souvenir plein d'une pure ivresse !
Voyez-vous ces bambins jouant aux grands guerriers ?

— C'est l'école où, malgré ma rêveuse paresse,
J'ai cueilli quelques brins du plus doux des lauriers.

Asile où Dieu sourit aux fraîches espérances,
Domaine où j'ai laissé comme dans un linceul
Mes rêves d'avenir et mes douces croyances,
A ton aspect mon cœur se sent un peu moins seul !

Moins seul ! ciel ! qu'ai-je dit ? J'oubliais la vallée
Où dorment pour toujours mes amis de vingt ans.
Frères, Dieu vous aimait, car votre âme envolée
N'eut jamais à pleurer sur vos rêves d'enfants.

Ornons de quelques fleurs ces funèbres images,
O muse!... et guide encor mon fragile pinceau ;
Déroule à mes regards quelques dernières pages
Que nul œil ne lira dans l'ombre du tableau.

ÉCRIS-MOI.

Tu m'avais promis une lettre,
Et je l'attendais tout joyeux :
C'est fort aimable de promettre....
Mais promettre et tenir font deux.
Enfin, daigneras-tu souscrire
Au désir que j'ai révélé ?...
Pourquoi refuser de m'écrire
Puisque tes lèvres ont parlé ?

Crains-tu que, trop railleur, je blâme
La préface de tes essais ?
Non ; j'aime mieux un mot de l'âme
Que l'orthographe et le français ?

Sans art ne pourrait-on décrire
Ce qu'un cœur aimant a frôlé ?
Pourquoi refuser de m'écrire
Puisque tes lèvres ont parlé ?

En professeur quand je m'érige,
Si l'on permet d'analyser,
Plein d'indulgence, je corrige
Chaque faute par un baiser....
— Enfant, tu rougis ; qu'est-ce à dire ?
Ta main dans la mienne a tremblé....
Pourquoi refuser de m'écrire
Puisque tes lèvres ont parlé ?

Je m'enivre de ta parole,
Mais la parole, trop souvent,
— Même la plus douce — s'envole,
S'envole, hélas ! comme le vent.
La phrase est si tendre à relire
Quand le serment s'est envolé !
Pourquoi refuser de m'écrire
Puisque tes lèvres ont parlé ?

LA DERNIÈRE HEURE.

ÉLÉGIE.

C'est un doux livre, un livre plein de charmes
Que le passé pour qui se sent mourir :
En le lisant, si les yeux ont des larmes,
De doux reflets brillent pour les tarir !

Ouvrons, ouvrons, relisons chaque page ;
Mes doigts tremblants seraient-ils indiscrets.
La tombe s'ouvre et demain son ombrage
Abritera souvenirs et secrets.

Autour de moi l'amitié veille et pleure,
Autour de moi tout front semble vieillir ;
L'heure qui vient sera ma dernière heure !
—Allons, mon âme, il faut te recueillir.

Tu vis s'enfuir les pauvres hirondelles
Vers d'autres nids, vers de plus doux sillons ;
Ce sont tes sœurs, et, frileuse comme elles,
D'un ciel plus doux tu cherches les rayons.

Vois ; cette lampe aux blanches étincelles,
Mourante aussi semble te dire adieu !...
Mais l'espérance a réchauffé tes ailes,
Et l'espérance est la fille de Dieu.

Avant de fuir vers la céleste plage,
Rassemble ici mes souvenirs lointains :
Pour chacun d'eux j'ai quelque doux message...
—Hâtes-toi donc !... mes yeux sont presque éteints.

Mais, tout-à-coup, quel éclatant mirage !
Voici des prés, des vallons et des bois ;
J'entends chanter les cloches du village....
Tout à mon cœur parle comme autrefois.

Salut, hameau ! salut, terre promise !
Ah ! voilà bien ton clocher nonchalant
Qui, mal couvert d'une humble ardoise grise,
Semble adresser des reproches au vent.

Voici la croix, puis, le vieux banc de pierre
Où j'épelais, petit, petit enfant,

Les premiers mots d'une sainte prière
Que l'on m'apprit la nuit en me berçant

Dans ces vieux murs couverts de giroflée,
Sous ce berceau parfumé d'acacias
Vois-tu pencher un pauvre mausolée ?
Un ange y dort... ne le réveillons pas !

Ma lampe meurt et le soleil se lève...
Faible, épuisé, je m'arrête en chemin :
Ici, mon âme, ici finit ton rêve
Qui dans le ciel s'achèvera demain.

C'est un doux livre, un livre plein de charmes
Que le passé pour qui se sent mourir :
En le lisant si les yeux ont des larmes,
De doux reflets brillent pour les tarir !

NE PLEUREZ PAS.

A MADAME VEUVE ORRIT, SUR LA MORT DE SON FILS,

LE POÈTE EUGÈNE ORRIT.

FRAGMENT.

Ne pleurez pas sur votre fils, madame ;
Le poète ici-bas est abreuvé de fiel.
Toujours trop tard Dieu rappelle son âme.
Car l'âme du poète est un oiseau du ciel.

Non, votre pauvre enfant n'était point de ce monde.
Et vous avez dû voir autour de son berceau
Errer pendant la nuit la vierge pâle et blonde
Qui charma la douleur d'Hégésippe Moreau.

De même que la brise, heureuse, libre et folle,
Caresse le parfum du chaste front des lys,
Cette vierge d'amour à la sainte auréole
Cueillait de doux baisers au front de votre fils :

C'est que sa jeune voix murmurait de ces choses
Si pures de beauté, si pleines de douceur,
Qu'on l'eût pris pour un sylphe aux longues ailes roses,
Ou pour un séraphin causant avec sa sœur.

Enfant mystérieux né pour une autre sphère,
Au contact des méchants combien il dut souffrir....
Mais, à peine eut-il fait quelques pas sur la terre,
Que, priant pour les siens, il se sentit mourir.

Il n'était pas de ceux qu'une fosse entr'ouverte
Fait pâlir et trembler..., car il croyait à Dieu.
Pour lui, le marbre froid de la tombe déserte
N'était que le miroir d'un beau ciel rose et bleu.

Pourtant, il murmurait : Seigneur ! laissez-moi vivre ;
Non que je sois craintif à l'heure du trépas...
Mais, pitié pour ma mère !... et... pitié pour mon livre !
— Son livre était fini : Dieu ne l'entendit pas !

C'est qu'ici-bas chacun subit sa destinée :
La dette du penseur est un sublime accord...
Il chante — et puis s'éteint, sa chanson terminée —
Comme pendant la nuit le son mourant du cor !

Et vous pleurez, songeant à ce beau front qui penche,
Sans savoir si pour lui des lauriers fleuriront,
— Mère, consolez-vous ; sa couronne était blanche,
Quand il est des lauriers qui salissent le front.

Dans ce monde menteur, tout se vend, tout s'achète.
Combien de noms fameux doivent leur piédestal

A quelque enfant du peuple, infortuné poète
Que la mort baptisa sur un lit d'hôpital.

Aussi, tout grands qu'ils sont, ces géants de notre âge,
N'interrogent jamais la cendre des tombeaux,
Comme s'ils avaient peur qu'un prophétique orage
N'en fît soudain sortir des spectres en lambeaux !

Car il est des linceuls qui, dans leurs plis funèbres,
Recèlent plus de gloire et de droits au réveil
Qu'il n'est de feux follets dansant dans les ténèbres,
Ou de bardes menteurs qui chantent au soleil.

Eugène le savait. Sa muse virginale
N'eût jamais rencontré qu'un sombre désespoir ;
Et Dieu lui dit, touché de sa voix matinale :
Enfant, tais-toi, le ciel t'applaudira ce soir.

Puis, l'ange de la mort vint toucher sa paupière...
Et nous, pauvres enfants sur la terre exilés,
Vous avons pour sa tombe une sainte prière
Et des larmes d'amour pour ses jours envolés !

   Ne pleurez plus sur votre fils, madame,
Le poète ici-bas est abreuvé de fiel ;
   Toujours trop tard Dieu rappelle son âme,
Car l'âme du poète est un oiseau du ciel.

FANTAISIE.

Le plus doux ciel a ses nuages,
Toutes les fleurs ont leur poison ;
Les plus beaux jours ont leurs orages,
Et l'amour a parfois sa montre et sa raison.

Oh ! sa montre surtout : quelle effroyable chose !
Son tictac éternel, insipide et moqueur,
Semble rire vraiment du chagrin qu'il me cause,
Et railler le tictac du moulin de mon cœur.

Toi qui pares de fleurs ma jeunesse flétrie
Et répands sur mes jours un parfum de printemps,
Quand tu viendras bercer ma douce rêverie,
Pour mieux nous oublier, chez toi laisse le Temps.

C'est un mauvais esprit tout de ruse et d'adresse
Qui, pour notre malheur, connaît mille détours :
Il avance toujours aux heures de l'ivresse ;
Aux heures de l'attente il retarde toujours.

Il ne va que d'un pied, ne vole que d'une aile,
Se pose lourdement sur mon front abattu,
Et souffle dans mon âme une fièvre cruelle
Qui me brûle le sang comme du plomb fondu.

...Puis, enfin, tu parais !... Et courant sur ma bouche,
Tes longs baisers de feu m'ouvrent le paradis !
Mais le temps a grondé !... son accent t'effarouche,
Et, te voyant partir, en pleurant je redis :

> Le plus doux ciel a ses nuages,
> Toutes les fleurs ont leur poison,
> Les plus beaux jours ont leurs orages,
Et l'amour a parfois sa montre et sa raison.

MARCELINE.

FRAGMENT.

Là-bas, dans le sentier parfumé d'aubépine,
Quel est donc cet enfant qui fuit à pas pressés?
—...La fille de Bernard!... la pauvre Marceline !
Ses cheveux sont épars, ses traits bouleversés.
—Où courez-vous ainsi? Parlez, petite fille!. .

Oh ! ne la grondez pas : elle est si jeune encor!
Et puis, elle est l'espoir, l'ange de sa famille ;
Pourquoi donc l'arrêter dans son folâtre essor?
—Folâtre essor !...—Oh ! non ; le malheur vieillit vite ;
Il a bientôt fané tous nos rêves surpris...
D'ailleurs, il faut bien vivre! Et la pauvre petite
Pour soulager les siens prend son vol vers Paris!
On a beau, voyez-vous, dans une humble chaumière,
Se lever de bonne heure et se coucher bien tard ;
On a beau travailler! l'implacable misère
Des moindres appétits vient amincir la part !

Or, quand on voit prier sa bonne et sainte mère,
Et que, las de souffrir, le père a murmuré,
On sent autour de soi comme un vent de colère...
On pleure.... et l'on s'enfuit après avoir pleuré.

. . . .

Paris!—Oh ! la voici dans ce cloaque infâme!
Madame du hameau, veillez bien sur son âme !

. . . .

Le travail tout d'abord lui prête son appui ;
Enfin !... sa bonne étoile au ciel semble avoir lui!

—Mais le pain est si dur !... si dur quand on le gagne !
Marceline déjà regrette sa campagne...
Oui ; mais Paris est là !... ce Paris est si beau !
D'ailleurs, ne pourrait-on secouer son fardeau?
Lorsqu'on entend partout chanter un bruit de fête,
On sent comme un frisson vous monter à la tête...
Un étrange parfum semble vous étouffer...
On chancelle :—et Satan va bientôt triompher !

. . . .

Après tout, je vous le demande,
C'est donc une faute bien grande
D'aimer le théâtre et le bal ?...
Dites-le moi : C'est donc bien mal
De désirer un peu du bonheur qui foisonne ,
De cueillir une fleur quand on est sans couronne ,
De rêver la toilette au milieu des haillons,
Et d'implorer dans l'ombre un bouquet de rayons ?

. . . .

Près de mille dangers un danger gronde encore
C'est l'amour convoitant la fleur qui vient d'éclore.
Oh ! non point cet amour, sublime et chaste enfant
En qui l'ange du ciel est toujours triomphant ;
Mais cet amour menteur, au regard faux et louche,
Qui flétrit sans pitié ce que sa lèvre touche ;
Cet amour qui, suivant un tortueux chemin,
Vous réserve la honte en vous berçant d'hymen ;
Cet amour qui vous prend, pure, sincère et belle,
Pour vous traîner un jour de ruelle en ruelle ;
Qui vous arrache enfin l'espérance et la foi
Pour vous laisser demain pâle et morte d'effroi !...

. . . .

Après un tel orage, hélas! le front s'incline
En rêvant au hameau parfumé d'aubépine.

Femme qui tombe, enfant, pauvre et frêle arbrisseau,
De grâce, va revoir ton modeste berceau ;
Et puisqu'à la douleur le sort t'a fiancée,
Vers ta mère et vers Dieu reporte ta pensée.
Recueille du malheur les puissantes leçons,
Arrache, s'il le faut, ta couronne aux buissons.
Ange de repentir, souris à la prière,
Veille ainsi qu'une vierge au seuil de ta chaumière ;
Enfin, que par toi-même au livre du passé
Le mot accusateur soit bien vite effacé !

. . . .

Mais, ma voix prêche en vain! Pauvre femme tombée,
Tu ne veux pas rougir sous la honte courbée...
Dédaigneuse et bravant le sort qui te poursuit,
Tu veux, vaincue hier, te venger aujourd'hui !

...Te venger!... qu'ai-je dit? Lorsque la femme lutte,
Hélas! c'est pour demain rouler de chute en chute,
De misère en misère et d'écueil en écueil;
Jusqu'à ce que son front se déchire au cercueil !

...—Or donc, deux ans plus tard, la pauvre Marceline
Rêvait *à son hameau parfumé d'aubépine*
...Mais elle n'alla point, pauvre et frêle arbrisseau,
Revoir sa vieille mère et son humble berceau.

L'ANGE DES VOYAGEURS.

Penché comme le front des saules,
Et le regard de pleurs voilé,
Cheveux flottant sur les épaules,
Quel est ce vieil enfant, voyageur isolé ?

Où va-t-il ? Dieu le sait ; mais lui-même l'ignore,
Il a cueilli des fleurs tout le long du chemin ;
Il en cherche toujours, mais n'en voit plus éclore,
Et ses bouquets d'hier seront fanés demain.

Poète, il a chanté tout le long de la route :
Pour le bercer, son luth savait un doux accord,
Mais son luth est brisé, son âme s'ouvre au doute,
Il chancelle ! — Et pourtant la route est longue encor !

Hélas ! c'est que pour lui l'orage tourbillonne,
L'éclair brûle son front, l'air étouffe sa voix,
Et les vents déchaînés emportent sa couronne
De même qu'en automne ils effeuillent nos bois.

C'est qu'il avait au cœur de saintes espérances
Et qu'un souffle fatal est venu les flétrir ;
C'est qu'il comprend enfin qu'il est de ces souffrances
Qui peuvent vous tuer sans vous faire mourir.

Ses lèvres ont à peine effleuré le calice
Où Dieu versa la vie,—et pourtant il s'endort !
—Hélas ! pourquoi faut-il que la rose pâlisse
Au souffle du matin comme au vent de la mort ?

Si seulement son âme avait une âme amie,
Pour y puiser le miel d'une sainte pitié,
Son cœur se répandrait, vase de poésie
Comme un parfum d'amour, de gloire et d'amitié.

—L'amour!... il n'y croit plus. L'amitié! vieux mensonge!
—La gloire! vain fantôme échappé de l'enfer,
—La poésie enfin!...—La poésie!...—Un songe
Trop doux pour qu'au réveil il ne soit point amer.

Il chancelle et la nuit va bientôt le surprendre,
    Mais, fiévreux, il a vu là-bas
De l'humble croix de fer semblant vouloir descendre
    Le vieux Christ agitant les bras.

Un étrange frisson ranime son courage,
    Précipite son pas tremblant;
Et bientôt il s'incline en contemplant l'image
    Du Rédempteur au front sanglant.

En vain, son œil s'attache à l'immobile pierre
De Jésus; nul rayon n'éveille la paupière...
Seul, l'arbre du Calvaire, interprète vivant,
Semble frémir d'amour aux caresses du vent

    Et recueilli, notre poète
    Sent se mêler un doux espoir
    A la prière qu'il répète
    Dans le calme imposant du soir :
    —La brise, invisible encensoir,
Exhale le parfum de mille fleurs nouvelles.—

...Mais tout-à-coup un bruit mystérieux,
Un frôlement de robe, un doux battement d'ailes,
A notre voyageur font détourner les yeux.

—O miracle ! ô bonheur ! ô vision étrange !
Mains jointes, près de lui s'agenouillait un ange ;
Et, lorsqu'aux pieds du Christ il eut jeté ses fleurs,
—Je suis, murmura-t-il, l'ange des voyageurs.

Enfant du ciel, ma vie est un vaste rosaire
Que j'égraine en faveur de la sainte misère.
Je porte dans mes bras ou mène par la main
L'enfant qui n'a point su retrouver son chemin ;

Lorsque passe un vieillard, pauvre mouton sans laine,
J'ai pour le réchauffer ma gourde toujours pleine ;
J'abrite le malheur que la fatigue endort,
Et glane pour la faim des épis à grains d'or.

Nuit et jour, en tout temps, je veille sur la route :
Au seuil de la cabane en m'inclinant j'écoute....
Et si j'entends des cris, et si je vois des pleurs,
J'entre y semer la vie et l'oubli des douleurs.

L'hiver, des vents glacés mon souffle seul protége
Et réserve aux pieds nus des sentiers veufs de neige ;
Au soleil de l'été, pour les fils du travail,
De mes ailes d'azur je fais un éventail...
—Et lorsque la jeunesse avec la feuille tombe,
Je réchauffe et fleuris le marbre de la tombe !

—Et l'enfant, tout ému, si j'en crois les échos,
Avec des pleurs d'amour laissa tomber ces mots :

> —Dans la vallée où ma muse glaneuse
> S'en va cueillir et des fleurs et des vers,
> J'ai poursuivi mainte étoile trompeuse,
> Et pris mon vol vers des cieux trop déserts.
> Je suis tombé des sphères idéales
> Dans les sentiers qui bordent le chemin.

Pitié ! ma muse a perdu ses sandales :
Ange des voyageurs, menez-moi par la main...

. . . .

Le bon ange sourit ; et lui prêtant des ailes
    Il applaudit à son essor ;
Lui disant : monte, enfant, vers des sphères nouvelles,
    Et que Dieu veille sur ton sort
Comme il veille au printemps sur un nid d'hirondelles !

LE SAULE DU DIABLE.

Voyez-vous là-bas ce vieux saule
Qui semble pleurer sur un mort ?
Lorsqu'à minuit le vent le frôle,
Une voix sépulcrale en sort...
— Écoutez !... la voici qui passe,
Jetant le trouble dans l'espace,
En chantant avec rage un hymne souterrain
Dont les échos railleurs prolongent le refrain.

Le vieux saule du diable abrite
La cendre d'un seigneur qui fut riche et puissant ;
Son âme est à jamais maudite,
Il fit verser des larmes et du sang.

La dalle du vieux mausolée
Vomit, après un long fracas,
Une grande ombre échevelée
Qui vers le ciel étend les bras.
« Pitié ! mon Dieu, grâce ! dit-elle,
» Ta vengeance est donc éternelle ? »

Soudain, mille démons agitant leurs grelots,
Viennent en ricanant étouffer ses sanglots.

Le vieux saule du diable abrite
La cendre d'un seigneur qui fut riche et puissant;
Son âme est à jamais maudite,
Il fit verser des larmes et du sang.

Le spectre rentre dans sa tombe;
Mais le remords, comme un vautour,
Sans que jamais son œil succombe,
Plane, voltige et flaire autour.
A chaque heure de nuit qui sonne,
L'urne du vieux tombeau frissonne;
Car toute heure qui passe est à l'éternité
Ce qu'un grain de poussière est dans l'immensité.

Le vieux saule du diable abrite
La cendre d'un seigneur qui fut riche et puissant;
Son âme est à jamais maudite,
Il fit verser des larmes et du sang.

Pourtant, au front du mausolée
On écrivit en lettres d'or :
« Paix et gloire à l'âme envolee
» Du noble et beau seigneur qui dort. »
— Stupide orgueil! pompeux mensonge
Le temps vous efface et vous ronge:
Mais il ne détruit pas ce qu'en lettres de feu
La vérité traça sur le livre de Dieu.

Le vieux saule du diable abrite
La cendre d'un seigneur qui fut riche et puissant
Son âme est à jamais maudite,
Il fit verser des larmes et du sang.

LA MÉSANGE.

A MADAME CLAUDIA BACHI.

Votre sourire est un sourire d'ange;
Mais votre cœur est un cœur de lutin.
Quoi! sans pitié, vous gardez la mésange
Qui sur vos pas vint s'abattre un matin.
Dans une cage aux mignonnes tourelles
Vous l'enfermez... — C'est une trahison!
Pour voltiger si Dieu lui fit des ailes,
C'est mal à vous de la mettre en prison.

Entendez-vous l'innocent caquetage
Du jeune oiseau pleurant sa liberté?
Lorsque du ciel lui vient son héritage,
Faut-il par vous qu'il soit déshérité?
Oh! non; vos mains si pures et si belles
Ne sauraient point distiller le poison.
Pour voltiger si Dieu lui fit des ailes,
C'est mal à vous de le mettre en prison.

Y songez-vous? Votre jeune captive
Au bois sans doute avait quelques amours...
Voudriez-vous que, souffrante et plaintive,
Dans le veuvage elle passât ses jours?
Sur les rameaux comme sous les dentelles
L'amour possède un merveilleux blason.
Pour voltiger si Dieu lui fit des ailes
C'est mal à vous de la mettre en prison.

Cette mésange, hélas! peut être mère....
Et son absence au nid jette l'effroi.

N'augmentez pas la douleur trop amère
De ses petits qui pourraient avoir froid.
Pour réchauffer ces doux êtres si frêles,
Laissez-la fuir, regagner sa maison.
Pour voltiger si Dieu lui fit des ailes,
C'est mal à vous de la mettre en prison.

HUIT JOURS A LA CAMPAGNE

FRAGMENT.

A M. J. J. JACQUIN.

I.

C'était par un matin joyeux et parfumé,
Fils des plus doux rayons du printemps bien-aimé,
La brise murmurait une vague romance
Pleine de souvenir, d'amour et d'espérance ;
L'âme, comme un oiseau désertant les buissons,
Gazouillait dans son vol des milliers de chansons ;
Et les roses de mai,—frais sourires des vierges—
Prodiguaient leur encens aux sylphes du réveil,
Tandis que, scintillant aux baisers du soleil,
Les larmes de la nuit brûlaient comme des cierges.

II.

Alors, un doux projet berça mon front rêveur...
Oui ; — mais pour l'accomplir il fallait un sauveur—
Tel qu'un fils dont le cœur sous la crainte se navre
Dès qu'au lit paternel il soupçonne un cadavre,
Je courus tout tremblant jusqu'à mon coffre-fort...
Là, je criai : Qui vive?...—Et j'attendis mon sort.

Bientôt un bruit flatteur me rendit mon courage,
Et trois blonds louis d'or roulèrent jusqu'à moi...
—Trois louis d'or !... — Miracle ! et fortune de roi ! ! !
Je les ai... je les tiens... ce n'est point un mirage !

III.

O mes blonds louis d'or, dans le creux de ma main
Sautez en babillant l'espoir du lendemain !
Dites-moi la chanson de mes beaux jours de fête ;
—Beaux jours qu'a balayés le vent de la tempête !—
Et que chacun de vous, en prenant ses ébats,
Éparpille la mousse et les fleurs sur mes pas.
Paris est un enfer ! j'y brûle... à moi vos ailes !
Le soleil nous sourit, l'air et pur, le ciel bleu :
Envolons-nous aux champs !—Et vive le bon Dieu
Qui sut me conserver trois amis si fidèles !

IV.

Aussitôt fait que dit—et j'aborde sans peur
Ce grand cheval du Diable appelé la vapeur.
Tandis qu'il jette au vent ses notes infernales,
Je suis fourré, blotti, dans une de ces malles
—Que l'on est convenu d'intituler wagons—
Avec une nourrice, un prêtre et neuf dragons !
Soudain la vapeur vole, ardente, échevelée...
Arbres, champs et maisons... tout valse autour de nous !
Je m'endors...— on m'éveille... et, tableau des plus doux,
J'aperçois mon village au fond de la vallée !

V.

O paisible retraite ! ombre du paradis !
Accueille un échappé du séjour des maudits ;

Laisse dormir mon front plein de pensers moroses
Sous tes saules pleureurs, tes lilas et tes roses !
De même que l'enfant qui joue avec la fleur,
Le destin feuille à feuille a gaspillé mon cœur ;
Mon âme s'est usée à poursuivre un fantôme...
—Rends-moi l'âme et le cœur... oh ! fais-les refleurir !
Et, calme et recueilli, je veux vivre et mourir,
Oublieux, oublié, sous l'humble toit de chaume !

VI

...Et toi, Lutèce ! mère aux mamelles d'airain,
A l'âme froide et sombre ainsi qu'un souterrain,
Grande cage de fer où cent mille hirondelles
Se brisent, nuit et jour, et la tête et les ailes ;
Sirène qui ricane alors qu'un front pâli
Tombe, soleil éteint, dans les flots de l'oubli...
—Coquette !.., jusqu'ici viens donc flairer ta proie !
Ma lèvre est chaude encor de ton dernier baiser...
Mais ton hideux amour ne saurait m'abuser :
Va, je te crache au front, vieille fille de joie !...

VII.

—D'où vient cette tirade ? Et pourquoi me fâcher ?...
Tout me sourit d'ailleurs !...—Et le coq du clocher,
Lui-même, à mon aspect, semble battre de l'aile ! —
Ouvrons sans plus tarder la porte paternelle :
Cueillons sur chaque joue un baiser babillard,
Baiser de jeune fille et baiser de vieillard ;
Chastes fleurs du retour que l'amitié moissonne
Pour s'en faire un bouquet, et dont le souvenir,
—Ange qui veille et prie au seuil de l'avenir—
Sait aux jours de malheur tresser une couronne !

VIII.

En cercle de famille on aime à caqueter :
Le livre du cœur est si doux à feuilleter !
Et puis, en le lisant, la tête devient folle ;
—Si folle, en vérité, qu'au loin elle s'envole !—
Chaque rêve a ses fleurs, chaque fleur a son miel ;
Et, d'ivresse en ivresse, on irait jusqu'au ciel !
Or, nous étions en route, et notre enfantillage
Courait comme un agneau méconnaissant les loups. .
—Mais bientôt à la porte on sonna douze coups—
C était déjà minuit !...Bonsoir, notre voyage !

IX.

« Dormez en paix ! »—Moi, j'aime à rêver, à courir ;
Le sommeil, c'est la mort: je ne veux pas mourir !
Quand l'heure à tout moment semble crier : Qui vive ?
Il faut railler le temps et sa locomotive ;
Et sur le grand chemin, voyageur indompté,
Marcher, les yeux ouverts, jusqu'à l'éternité.
—Ici, la vie est douce autant qu'une colombe,
Et je dois la soustraire aux griffes du vautour—
La Mort n'en aura rien si ce n'est à son tour:
Ne dort-on pas assez dans le sein de la tombe ?

X.

...O Nuit ! je te salue et t'implore à genoux.
Que ton silence est beau ! que tes parfums sont doux !
Fais descendre en mon âme une de ces pensées
Qu'en te baptisant Dieu sur le front t'a versées,
Afin que ma voix mêle, en ces lieux solennels,
Un cantique d'une heure aux concerts éternels...

Peut-être as-tu pour moi dans les plis de ton voile
Un rayon d'avenir qui percera demain?...
—O Nuit, en attendant, jette sur mon chemin
Le plus pâle reflet de ta plus pâle étoile!—

XI

Pourquoi rêver encor de gloire et d'avenir ?
—Ailes de papillon qu'un souffle peut ternir !—
Le poème de Dieu seul est impérissable :
Ceux de l'humanité sont écrits sur le sable !
C'est en vain qu'elle songe à les écrire ailleurs :
L'homme est présomptueux, mais les vents sont railleurs
Et puis, l'homme, après tout, n'est qu'un pauvre copiste,
Un copiste insensé, maladroit et banal!...
O mes frères ! un livre est seul original :
C'est la nature ; et Dieu, Dieu seul est grand artiste !

XII.

Aventureux lutins, mystérieux oiseaux,
Du fleuve de l'oubli nos jours sont les roseaux
Si la brise du ciel seulement les effleure,
Ainsi qu'un violon chacun d'eux chante et pleure.
Alors, du Paradis les jardins sont ouverts !
Nous pouvons y cueillir et des fleurs et des vers .
—Mais ne nous en faisons ni bouquet ni couronne .
La gloire est un cadavre et la terre un cercueil —
Ne nous enivrons pas des parfums de l'orgueil,
Et remercions Dieu qui nous a fait l'aumône !...

XIII.

Oui ; chantons pour chanter : sans calcul ni détour,
Comme on prie à quinze ans, comme on aime d'amour ;

Chantons comme les flots qui passent sur les grèves,
Pour charmer notre course et prolonger nos rêves ;
Chantons comme l'oiseau qui confie humblement
Et son nid à la branche et sa chanson au vent ;
Chantons en troubadours du banquet de la vie !
Encor plus qu'un banquet la vie est un concert :
Chantons !—Et quant à ceux qui jeûnent au dessert
Versons-leur à pleins bords la sainte poésie !

XIV.

D'ailleurs, la poésie est un ange gardien
Donnant son cœur à l'homme en échange du sien.
C'est une noble sœur, c'est une chaste épouse
Mais elle est soupçonneuse, exigeante et jalouse.
Si vous faites la cour à la célébrité,
Adieu santé, bonheur, repos et liberté !
L'ange se fait démon, la muse devient femme,
Tous vos rêves du ciel sont des tisons d'enfer.
L'ambition vous prend dans ses griffes de fer.
Et l'âme de Satan fait son nid dans votre âme.

XV.

...—En vérité, lecteur, je suis d'un sans-façon
Qui mériterait bien une bonne leçon !
J'écris pour toi qui veux quand même des histoires,
Un chapitre à propos de luths et d'écritoires !
Puis, à la belle étoile—au lieu de me coucher—
Je fais le philosophe et me mets à prêcher !...
Or,—et sur ce grand point il est bon que j'insiste—
Je dois te confesser mes goûts et mes penchants :
Je hais la grande route et marche à travers champs !
Quant à mon but : c'est Dieu ; bref, je suis fantaisiste.

XVI.

Flâneur, capricieux, mais sans prétention,
J'aime à cueillir les fleurs de l'inspiration.
Je ne promets donc point des pages compliquées
De plans miraculeux et d'intrigues flanquées.
Ma Muse, qui fait fi de la combinaison,
Attend tout du hasard et rien de sa raison.
Elle se laisse aller dans ce pèlerinage
Comme la barque aux flots, comme la feuille au vent.
—Cela dit, cher lecteur, montre-toi bon vivant,
Et suis-moi, si tu veux, jusqu'au bout du voyage!...

JULIEN ET ROSA.

A MON MI ÉTIENNE EGGIS.

Par une de ces belles et douces journées d'automne, à l'heure où la nature, cette chaste épouse de Dieu, semble se pencher solennellement vers la tombe, un jeune homme cheminait lentement sur la route qui mène à Roussy-le-Village, humble nid perdu dans les buissons de la Lorraine allemande. Ce jeune homme s'appelait Julien. De longs cheveux noirs encadraient son visage plein d'une pâleur étrange, et pourtant un rayon d'espérance venait parfois illuminer son front.

Parfois aussi deux larmes descendaient brûlantes sur ses lèvres, et, le cœur gros de souvenirs, la poitrine oppressée, il levait les yeux au ciel et jetait à la brise voyageuse et discrète un de ces noms purs comme les anges, doux comme le miel, et chastes comme les fleurs.

Ce nom, c'était Rosa.

Celui qui voyage en pèlerin, la poésie au front et l'a-
mour au cœur, est environné de splendeurs qui font pâlir les magnificences du trône. Humble et pauvre voyageur, ses pieds fatigués avancent péniblement, mais sa
pensée a des ailes plus rapides que l'éclair ; il marche
comme le Christ, et la nature le salue comme un roi.
Qu'importe s'il n'a pour sceptre qu'un bâton blanc de
poussière, et qu'un sarreau de toile grise pour manteau
royal. N'a-t-il pas à côté de cette pauvreté sublime les
montagnes pour ceinture, le soleil pour diadème, et le
ciel pour couronne?

Julien était poète ; aussi, pour lui, l'inspiration pleu-
vait sur la route, et les rêveries voltigeaient riches, ca-
pricieuses et nuancées comme des nuées de papillons.

Après avoir, pour ainsi dire, entendu vibrer toutes les
cordes de son âme, il allait tomber dans un de ces abat-
tements qui succèdent toujours aux émotions rapides et
multipliées. Mais il aperçut, heureusement, deux voyageurs qui marchaient à quelques pas devant lui....

— Camarades, leur dit-il en les saluant, veuillez
m'excuser ; mais si belle que soit la route, je la trouve
longue et fatigante, et....

— Et, plus on est de fous, plus on rit !... — s'écrièrent
les deux campagnons sans laisser à Julien le temps d'a-
chever sa phrase.

En route, le cœur s'ouvre à l'amitié de même que les
fleurs au soleil ; or, au bout d'un quart-d'heure à peine,
nos voyageurs babillaient comme de vieilles connaissances.

— Quel beau jour ! disait l'un ; encore quelques heures,
et je sentirai couler sur mon front les larmes de joie
d'une pauvre vieille mère que je n'ai pas vue depuis cinq
ans !...

— Quel bonheur ! disait l'autre ; j'aurai ce soir le plus doux abri qui puisse venir après l'hospitalité maternelle, et mes espérances fanées refleuriront aux saintes caresses d'une sœur bien-aimée !

— Moi, mes amis, disait à son tour Julien, je n'ai ni mère ni sœur : mais cette route est une de celles qui conduisent au paradis, et bientôt il me sera permis d'en ouvrir les portes en déposant un baiser virginal au front de ma fiancée !

Après de telles confidences vinrent les petits secrets du passé, les joies du présent et les projets pour l'avenir. Et, comme un cortége de souvenirs et d'espérances va plus vite encore qu'un convoi de chemin de fer, nos trois amis durent s'arrêter bientôt afin de se disperser.

Ils entrèrent dans un petit cabaret ayant pour enseigne : *Au Bon Souvenir*. Puis, après s'être promis solennellement de ne point s'oublier, ils demandèrent un flacon de vin vieux ; et, les verres se heurtant, trois toasts bien sincères retentirent tour à tour :

— A ma mère !

— A ma sœur !

— A ma fiancée !

Puis en chœur, et comme refrain :

— A notre bonne rencontre !

Enfin, on se donna l'accolade d'adieu, et chacun s'éloigna de son côté. .   .   .   .

.   .   .   .

Le jour commençait à s'éteindre. Après avoir marché pendant une heure environ, Julien aperçut enfin Roussy-le-Village, et la cloche de l'église venant à tinter comme pour saluer son retour, il se mit à genoux et fit sa prière (nous pourrions dire aussi sa confession).

— O mon Dieu ! disait-il, fais que l'ange de mes rêves

ne se soit point envolé? Emporté par le tourbillon de la grande ville, j'ai souvent oublié de relire les pages du livre primitif de mon cœur ; mais, puisque tu pardonnes à ceux qui ont beaucoup aimé et beaucoup souffert, je puis implorer ta clémence sans rougir et te répéter : O mon Dieu ! fais que l'ange de mes rêves ne se soit point envolé.

Et Julien se releva pour continuer sa route.

Pauvre Rosa, murmurait-il, comme elle a dû souffrir de mon silence ! Voilà près de trois ans que, confiant dans l'avenir, je l'ai quittée pour courir après deux fantômes désespérants qu'on appelle la fortune et la gloire. La fortune a ri de ma loyauté, et la gloire m'a fait l'aumône d'une couronne d'épines !... Pauvre Rosa ! moi qui devais t'apporter pour cadeau de noces le doux fruit d'une lutte persévérante, je te reviens vieilli, pauvre, souffrant et désillusionné. Oh ! mais je sens que si tu ne m'as point oublié, je retrouverai encore assez de trésors au fond de mon cœur pour faire rayonner autour de toi, comme une gerbe éblouissante, la foi, l'espérance, la paix, le travail et l'amour !... le bonheur enfin !

Pauvre fou de poète, ta vie est un long suicide, et, sous prétexte de la poétiser, tu répands, stupide comme un homme ivre, toute la poésie que Dieu avait versée dans le calice de tes jours. Tu cours après la fortune au lieu de marcher avec le travail, et tu donnes toute ton âme à la gloire, comme si les bravos de la postérité même valaient un seul des baisers que vous donne une compagne bien-aimée !... — Oh ! malheureux rêveurs, serez-vous donc éternellement incorrigibles ?

Et Julien sanglotait, honteux d'avoir, en dépit de la noblesse de son cœur, gaspillé les trois plus belles années de son printemps.

Tout à coup un bruit confus s'élève avec le vent, et

vient l'arracher à son douloureux *mea culpâ*... Il entend
des chansons vagues et des rires lointains... — C'est sans
doute quelque ronde de jeunes filles... — ou, quelque
bande de joyeux garçons qui, musique en tête.... — Mais,
non ; c'est la danse du village !... C'est une noce, peut-
être ! !....

Et Julien sentit monter une sueur froide à son front.
Puis, ses pensées si saines, si calmes tout à l'heure s'en-
trechoquèrent dans son cerveau, comme entre eux les flo-
cons de grêle alors que tous les vents sont déchaînés !

.... Mais le joyeux cortége avance.... il vient de ce
côté.... On distingue parfaitement la voix aigre d'un violon faux.... Plus de doute ! c'est une noce !... On aperçoit
d'ailleurs la silhouette des deux époux : ils vont passer !...
Les voici... — Julien s'élance vers eux comme un fou....
Son cœur ne bat presque plus, sa respiration semble
éteinte, et il roule anéanti dans la poussière après avoir
soupiré le nom de Rosa... A ce nom de Rosa, sublime et
déchirante, une voix de femme a crié : Julien ! et tout le
monde a pris la fuite en se signant comme pour se soustraire aux fureurs d'un spectre échappé de la tombe.

Le lendemain, à l'heure où les commères du village
faisaient d'étranges récits sur l'apparition d'un revenant,
à l'heure aussi où les deux époux voyaient voltiger le
souvenir d'une ombre entre leurs baisers craintifs, Julien, le pauvre Julien se traînait vers un humble Calvaire,
à quelques pas des portes de Thionville. Son visage portait, à côté des traces d'une horrible souffrance, comme
une lueur d'amour et de résignation. Il s'agenouilla, puis,
s'armant d'un pistolet qu'il avait l'habitude de porter sur
sa poitrine, il se signa avec le canon même... Arrivé à la
place du cœur, il murmura : Mon Dieu ! pardonnez-moi,
faites que Rosa soit heureuse !... — et protégez mes com-

pagnons de route. Je suis seul au monde, ma vie n'appartient qu'à vous, et je viens la déposer au pied de la croix du chemin. Les hommes diront peut-être que je suis un lâche, mais vous aurez pitié de moi, Seigneur, et quand mon âme aura pris sa volée pour remonter vers vous, peut-être aussi qu'un chant d'amour la bercera dans la brise du matin!... — Ayez pitié de moi, Seigneur! Il est trois anges que nul ne remplace au monde : c'est une mère, une sœur et une fiancée!... — Et moi, je n'ai ni mère, ni sœur, ni fiancée!... — Et Julien poussa un soupir déchirant. Puis une détonation se fit entendre, et les petits oiseaux de l'arbre du Calvaire s'envolèrent effarouchés ! . . . .

Julien n'était plus.

ANGE ET FEMME.

Sous de sombres pensers lorsque mon front s'incline,
Lorsque tu vois briller une larme en mes yeux,
Toi, mon ange et ma sœur, ma douce Caroline,
Pourquoi m'interroger d'un air mystérieux?
Trop tôt, j'ai vu s'enfuir mes rêves d'hirondelles,
Mais une voix me dit que tu me les rendras !
Ange, donne à mon âme un abri sous tes ailes,
Femme, donne à mon front un asile en tes bras !

L'Espérance et la Foi, berceuses de l'enfance,
Venaient de m'adresser leur dernier mot d'adieu,
Lorsque ton noble cœur, me prêtant sa défense,
Ainsi qu'à dix-huit ans me fit rêver à Dieu.

Depuis, ton doux regard aux vives étincelles
A réchauffé l'amour grelottant sur mes pas...
Ange, donne à mon âme un abri sous tes ailes,
Femme, donne à mon front un asile en tes bras.

Ivre de volupté, colombe frémissante,
M'altérant de baisers, tu m'abreuves de pleurs ;
Et, sur mon front pâli, d'une main caressante,
Tu sembles effeuiller ta vie avec des fleurs !
Puis enfin, m'emportant vers des sphères nouvelles,
Tu consoles mon cœur des choses d'ici-bas...
Ange, donne à mon âme un abri sous tes ailes,
Femme, donne à mon front un asile en tes bras.

Enfant vieilli, battu par tous les vents d'orage,
Ma lampe va mourir: ce n'est point une erreur ;
Et, bientôt endormi, je n'aurai pour ombrage
Que les cheveux flottants d'un long saule pleureur.
De refrains et d'amour, de lierre et d'immortelles
J'aurai du moins fleuri le sentier du trépas !
Ange, donne à mon âme un abri sous tes ailes,
Femme, donne à mon front un asile en tes bras.

A l'heure où l'angelus chante, murmure et tinte,
Où le souffle des nuits pleure dans les buissons,
—Quand je ne serai plus—songe à ma voix éteinte,
Et, rêvant au passé, soupire mes chansons.
Mon âme, doux reflet des voûtes éternelles,
Descendra sur ton front lorsque tu souriras...
Ange, donne à mon âme un abri sous tes ailes,
Femme, donne à mon front un asile en tes bras.

LES TROIS VOYAGEURS.

La nuit est sombre, et les vents courroucés hurlent comme des démons échappés de l'enfer.

Là-bas, dans le chemin bordé de précipices, un voyageur se traîne péniblement. On voit qu'il a souffert, et, à l'éclair qui sillonne son front, on devine que l'orage gronde dans son cœur...—Mais il n'est pas seul : un fantôme le précède, une ombre le suit.

Le fantôme est couronné d'étoiles, et l'ombre agite un miroir qui brille des innombrables couleurs d'un prisme enchanté.

Tous les trois cheminent dans le plus profond silence, comme des criminels qui craindraient d'éveiller le remords.

Cependant, mordu par la douleur et brisé par la fatigue, l'homme soupire et murmure ces paroles· « Mon Dieu ! que l'heure est lente, et que la route est longue... »

Et le fantôme, en se retournant, lui dit avec un sourire doux et consolant comme un rayon du soleil de mai :

« Patience et courage ! Là-bas, tes pieds fouleront la mousse et les fleurs, tes lèvres se rafraîchiront à l'eau pure de la source ; là-bas, tu trouveras une couche de gazon et des rideaux de feuillage ; là-bas, c'est le bonheur, c'est l'hospitalité ; là-bas, c'est la terre promise, c'est le ciel... c'est Dieu !... »

A ces mots, l'homme retrouve un peu de force... Mais bientôt il retombe accablé, soupire et murmure encore : « Mon Dieu ! que l'heure est lente et que la route est longue ! »

Alors l'ombre lui dit à son tour :

« Vieil enfant, que ne puises-tu des consolations et de l'énergie dans mon cœur?... Vois ce miroir: il réfléchit tout le passé qui se déroule derrière nous. Ce passé t'offre de bien douces pages à relire; enivre ton âme de leurs parfums, et le présent te sera moins lourd à porter... »

. . . .

Et l'homme, le fantôme et l'ombre avancent, avancent, avancent toujours...

Mais tout-à-coup la route s'illumine d'une lueur étrange... Le fantôme et l'ombre disparaissent; puis un ange se dresse devant l'homme épouvanté. Cet ange a le regard doux, mais triste; sa robe est blanche, mais ses ailes sont noires.

— Oh! par pitié, dit l'homme, rends-moi les deux compagnons de route que Dieu m'avait donnés!

— Tes compagnons de route, dit l'ange, ont accompli leur mission.

— Mais quelle était cette mission?

— Insensé! tu le demandes?... Leurs paroles de foi et d'amour n'ont-elles point adouci pour toi les souffrances du chemin?

— Mais quel est-il, ce chemin?

— La vie.

— Mais où conduit-il?

— A moi.

— Mais, toi-même, qui donc es-tu?

— Avant de me connaître, ne veux-tu point savoir qui t'accompagnait tout-à-l'heure?

— Apprends-le moi, je t'en supplie!

— Le fantôme qui marchait devant toi, c'est l'Espé-pérance; et l'ombre qui suivait tes pas, c'est le Souvenir.

— Mais enfin, toi... toi, qui donc es-tu? dit l'homme, chancelant, éperdu.

— Moi, dit l'ange, oh! moi, que mon nom ne t'effraie point; je suis... je suis la Mort.

LES CLOCHES DE SAINT-NICOLAS.

HISTORIETTE.

A MA MÈRE.

I.

La vraie poésie, c'est la jeunesse; et les petits enfants sont les plus grands poètes; aussi l'homme puise-t-il naturellement ses plus douces inspirations dans les phases les plus lointaines de son passé. Si vos yeux tombent sur une page tendrement rêvée, sincèrement écrite, soyez sûr que c'est le souvenir qui l'a dictée.

Le souvenir! c'est le miroir et l'écho de tout ce que Dieu a jeté de pur, de beau et de bon dans notre cœur; c'est un ruisseau auquel notre pensée brûlante aime à se désaltérer; c'est un buisson d'aubépine où notre âme tourmentée aime à se réfugier comme un oiseau dans son nid; c'est un éventail qui s'agite au-dessus de notre tête accablée en l'inondant de fraîcheur et de parfums. Le souvenir! c'est la muse, c'est l'amour, c'est la vie, c'est le printemps éternel.

Hier donc, rêveur et caressant au hasard une des mille pages du doux poème de notre enfance envolée, nous jetions au vent ce refrain d'une chanson que nous crayonnerons avec bonheur à notre premier instant de loisir:

Entendez-vous sonner les cloches,
Les cloches de Saint-Nicolas?...

II.

Ce refrain cache toute une histoire que nous allons feuilleter rapidement. Il existe à Troyes la champenoise, patrie de votre très-humble serviteur,—cet aveu nous échappe en dépit du diction populaire, — il existe, disons-nous, une charmante petite église dont les cloches ont une influence toute particulière sur une certaine partie de la population.

A ce sujet, nous pourrions vous broder quelque fabliau, imaginer quelque légende et vous dire, par exemple, qu'un beau soir, à l'heure où se ferment les portes du temple, le grand St-Nicolas, son auguste patron, se glissa comme un coup de vent entre le suisse et le bedeau qui n'y prirent garde, et s'installa dans l'église avec le sang-froid d'un homme qui se sait chez lui; qu'il fit minutieusement sa ronde dans les plus petits recoins ; qu'il épousseta avec une légère humeur ses braves confrères tant soit peu négligés ; qu'il ralluma la veilleuse éteinte à l'autel de Marie, et que, soupçonnant le peu de zèle des serviteurs de sa maison, il prit le parti de gravir l'escalier de la tour afin d'interroger les cloches qui, en leur qualité de babillardes, ne pouvaient manquer de lui apprendre une infinité de choses !... Et qu'enfin, charmé des naïves confidences de ces demoiselles, il leur témoigna sa sainte reconnaissance en leur accordant la faveur éternelle d'un organe en harmonie avec la pensée humaine !...

Mais non; nous sommes trop consciencieux pour cela, et, nous vous dirons seulement que l'église St-Nicolas, coquettement inclinée au pied du rempart ombragé de la ville, ressemble à une jeune veuve priant sur la tombe de son bien-aimé; et qu'en raison de la seule position qu'elle occupe vis-à-vis des quatre points cardinaux, le bruit de

ses cloches annonce tout simplement la pluie aux en-
virons.

Lorsqu'il pleut, le soleil se cache, le ciel est tendu de
noir, et la terre est en deuil. L'homme baisse la tête, et
l'enfant pleure volontiers. C'est d'ailleurs un pressenti-
ment naturel : quand le temps est sombre, on dirait qu'il
doit arriver malheur.

Or, toutes les fois que le vent mal avisé emportait sous
ses ailes maudites le maudit refrain des petites cloches de
Saint-Nicolas, la troupe folâtre tombait dans la conster-
nation. Les cloches de Saint-Nicolas, pour elle, c'était le
tocsin, c'était le glas, c'était la mort?... Et chaque bouche enfantine répétait à voix basse :

> Entendez-vous sonner les cloches,
> Les cloches de Saint-Nicolas?

III.

Nous l'avons dit: ce refrain cache toute une histoire ;
peut-être l'écrirons-nous plus tard, mais, comme le temps
et l'espace nous manquent ici, nous nous bornerons à
vous citer quelques passages pris au hasard.

Un jour, c'était la veille de Pâques, le soleil avait le
sourire de Dieu sur les lèvres, et le printemps envolé
dans les airs secouait sur le monde sa chevelure pleine
de violettes.

Deux enfants, n'ayant d'autre souci que la toilette du
lendemain, gazouillaient au seuil d'une modeste chambrette comme deux rossignols au fond d'un bois.

— C'est demain Pâques, quel bonheur! Je vais étren-
ner ma robe blanche et mes brodequins verts !

— Et moi, mon bel habit noir et mes souliers vernis à
talons rouges!

— Et mon bonnet de dentelles à rubans roses !

— Et mon beau chapeau de feutre à gland d'or !

— Et puis nous irons ensemble à la messe, à la promenade !...

— Quelle joie ! quel bonheur !

Et nos espiègles sautillaient comme de véritables écureuils !... Puis, un nuage passant sur leur front, en moins de cinq minutes ils s'élançaient vingt fois vers la fenêtre en soupirant : « Mon Dieu ! mon Dieu ! pourvu que le temps n'aille pas se fâcher !... »

— Mais non, c'est impossible, c'est demain Pâques ! et la joie revenait, mais inquiète et préoccupée.

Tout à coup, le ciel prend une teinte chagrine, le vent souffle, et nos enfants murmurent avec la gravité du prêtre chantant un *requiem :*

> Entendez-vous sonner les cloches,
> Les cloches de Saint-Nicolas ?

IV

Un autre jour, nos héros avaient grandi et leur cœur s'était ouvert, la jeune fille disait à son ami d'enfance : « Tu sais bien que mon âme est une fleur dont le chaste parfum se répandra sur ta vie, mais je ne puis être à toi dans ce monde !... »

Et, le lendemain, elle marchait à l'autel en priant Dieu de bénir une union que l'égoïsme des hommes avait seul méditée.

Pendant la cérémonie nuptiale, un jeune homme pâle, immobile, se tenait agenouillé derrière le plus sombre ------ l'église. Il disait pour toute prière :

> Entendez-vous sonner les cloches,
> Les cloches de Saint-Nicolas ?

V.

Un autre jour enfin, nous qui jusqu'ici n'avons joué d'autre rôle que celui de conteur, nous quittions l'humble toît paternel pour aller chercher notre pain dans la grande ville. Tout semblait devoir nous favoriser, et si l'amitié versait d'abondantes larmes, l'espérance s'empressait de de les essuyer... L'heure du départ allait tinter ; il fallut se donner la dernière accolade ! Nous le fîmes sans pouvoir balbutier un seul mot d'adieu ; puis, d'un bond, nous prîmes place dans la diligence qui devait nous emporter.

A peine le fouet du conducteur eut-il cinglé ses chevaux qu'une voix aimée résonna déchirante à notre oreille.

Notre vieille mère avait crié :

> Entendez-vous sonner les cloches,
> Les cloches de Saint-Nicolas?

ÉNIGME.

A M. URBAIN DE ROUSSY.

C'était un matin. Je me frottais les yeux encore voilés par mes rêves de la nuit ; et, — tableau peu rassurant, — j'aperçus deux cornes blanches qui me faisaient loucher. — Figurez-vous que mon espiègle d'oreiller, semblant vouloir se venger de la charge qui l'écrasait, s'amusait à me dessiner, à titre de pied-de-nez, une jolie pointe de chaque côté du front !...—Je ne suis pas superstitieux, mais une mauvaise nuit, suivie d'un mauvais réveil, m'a toujours fait craindre une mauvaise journée. C'est un fait reconnu d'ailleurs : il y a dans la vie do l'homme des instants où le doigt de la fatalité prend plaisir à tourmenter l'aiguille de la pendule qui sonne les heures de l'espérance.

Alors, quoi que vous fassiez, vous n'obtiendrez aucun résultat satisfaisant; quelle que soit la place où vous posiez le pied, une épine s'y rencontrera. Vous désertez votre logis afin d'apprivoiser votre méchante humeur au grand air; mais à peine avez-vous fait quelques pas, qu'un lourdeau vous éclabousse, et que le vent vous escamote votre chapeau. En homme prévoyant, vous vous êtes muni de votre parapluie, mais, en promeneur désœuvré, vous le tenez de telle sorte qu'on vous prendrait pour un pêcheur à la ligne. Or, il arrive que le malencontreux pépin s'embarrasse dans l'une des roues du premier cabriolet passant et vous fait prendre, du même coup, un bain de siége et un billet de parterre. Vous entrez chez le marchand de tabac pour acheter le cigare de consolation, et vous vous heurtez à un fort de la halle qui vous colle généreusement sa pipe dans l'œil, — lequel fort de la halle veut, par dessus le marché, vous rosser sous prétexte que vous avez attenté aux jours de sa bouffarde culottée. Pensant trouver un peu de dédommagement, vous prenez une place dans le groupe qui entoure les chanteurs en plein vent: mais, si vous êtes myope, tombant lourd et rapide du cinquième étage, un scélérat de gros sou ne manquera pas de venir s'abattre sur vos lunettes!...

Mais laissons là l'inépuisable série des petites misères; et, surtout, gardons-nous d'ouvrir le chapitre des grandes infortunes! Appliquons-nous plutôt à démontrer que Dieu mit un sourire à côté de chaque larme, un espoir à côté de chaque regret, et un rayon de soleil dans le flanc des plus sombres nuages...

Je me frottais donc les yeux, lorsqu'un *pan pan* très-vigoureux vint joyeusement ébranler ma porte.

— Qui est là !

— C'est moi.

— Mais qui, vous ?

— Eh parbleu ! c'est moi : la mère Labricot, votre concierge, donc !...

— Alors, maman Labricot, le temps de passer ma robe de chambre, et je suis à vous.

— Dans ce cas, *mossieu*, ne prenez point tant de peine; je redescends à ma loge et laisse à votre porte une voyageuse qui demande à vous parler.

Désolé de me trouver dans un négligé aussi complet, je m'empressai de faire toilette afin de recevoir dignement l'inconnue qui m'honorait de sa visite.

J'ouvris. — Spectacle navrant ! Ma voyageuse était-là, sans connaissance, étendue sur le carreau. Au premier coup d'œil, je reconnus en Elle la fille d'un de mes bons amis. Elle était si mignonne et si légère que je la pris —non dans mes bras—mais dans mes doigts seulement. Je cherchai à la réchauffer sous le feu de mes baisers fraternels, mais ne pouvant rien obtenir d'elle que ces mots : « Je suis à vous, bien à vous.... » Je la pressai sur mon cœur afin de lui rendre l'usage des sens et de la parole... —Rien encore !...—Alors je m'aperçus que son corset la faisait horriblement souffrir, et...—et, ma foi ! je pris le parti de dégraffer sa robe !...—Ici, lecteur, que ta pudeur ne s'effarouche point ; ma voyageuse est vierge et restera vierge.—Cependant (et je le dis sans honte) je suis obligé de la déshabiller pour lire au fond de son cœur...

Maintenant que la voici nue comme un chérubin, écoutons ce qu'elle dit : — « Je suis fille de l'amitié, et je t'apporte des nouvelles de mon père que j'ai laissé là-bas.

« A mon départ, le coq semblait chanter à la pointe
du clocher de la vieille église, et le pasteur du village
faisait pour toi son humble prière de tous les jours ; les
oiseaux battaient de l'aile sur les murs crevassés du pres-
bytère ; le vent jouait doucement avec les hautes herbes
qui cachent la tombe de ta mère ; tes frères parlaient de
ton prochain retour ; tes sœurs faisaient des vœux pour
ton avenir ; et ton vieux père, sombre et rêveur sous la
grande cheminée, laissait tomber une larme au reflet de
ton image !—Je t'apporte donc, avec les fleurs de l'amitié,
un parfum de foi, d'espérance et d'amour. »

Et je couvris de baisers le front virginal de la voyageuse
bien-aimée qui métamorphosait ainsi ma solitude en un
ravissant paysage peuplé de tant d'êtres qui me sont chers !
Et je murmurai, les yeux pleins de larmes consolantes :

« Il y a dans la vie, aux heures d'exil et de souffrance,
quelque chose de plus doux au front que la brise qui
passe, de plus frais au cœur que la rosée du souvenir, et
de plus salutaire à l'être qu'un rayon de soleil en hiver ;
c'est la sainte parole que nous apporte une de ces zélées
messagères qui appartiennent à l'innombrable famille de
l'Amitié. »

Pour la reposer des longues fatigues de sa route, j'allais me disposer à conduire ma voyageuse dans un réduit
digne de la mission qu'elle venait d'accomplir, lorsqu'un
pan pan vint encore ébranler ma porte.

— Qui est là ?

— Pardon, excuse, c'est encore moi, *mossieu* !

— Ah ! c'est vous, mère Labricot ! Hé bien ! qu'y a-t-il
pour votre service, cette fois ?

— Eh ! pardieu, *mossieu*, dormez-vous encore, ou
n'auriez-vous point reçu la lettre que j'ai déposée ce matin à votre porte ?

— Ah ! mille fois pardon. mère Labricot !

Et j'ouvris en tendant une pièce de monnaie.

Tant de bonheur pour vingt-cinq centimes ! — J'aurais presque embrassé la mère Labricot ! ! !

UN SPECTACLE DANS L'ATRE.

Les beaux jours se sont envolés, et, chaque soir, un fantôme apparaît au seuil de la mansarde où le pauvre poète abrite sa misère et ses espérances. Le connaissez-vous, ce fantôme ? — Regardez : ses joues sont pâles et creuses, et ses longs cheveux noirs secouent le givre et la pluie. — Écoutez : il chante une complainte sombre comme la nuit, et le vent l'accompagne de sa voix déchirante et lugubre. Ce fantôme, c'est l'ennui, c'est l'isolement, c'est le deuil. Si vous tremblez, il sourit ; si vous pleurez, il ricane ; et si vous le bravez, il brise portes et fenêtres et s'élance dans votre chambre en s'écriant : Je suis l'hiver ! !

Au souffle de sa parole, le front vieillit et le cœur se glace.

Il fait froid, et l'amitié s'enferme ; il fait froid, et l'amour s'emprisonne ; il fait froid, et la poésie s'en est allée au pays des hirondelles !

— Vous êtes seuls, bien seuls, tout seuls avec l'hiver.

— Tout seuls ! Hé bien ! non, mille fois non ! Frères, vos greniers sont près du ciel, ne vous laissez point abattre ; priez, et Dieu vous entendra ; priez, et la sainte poésie vous revenant étendra ses ailes d'ange gardien sur votre toit abandonné.

Les prétendus sages diront que la poésie est folle,.. — C'est qu'alors le bonheur est fou. — Pauvre humanité ! que tu serais horrible à voir sans le prisme de la poésie ! — Oh ! par pitié, messieurs les hommes raisonnables, laissez-nous vivre un peu dans un monde imaginaire, laissez-nous rêver, laissez-nous croire, laissez-nous espérer. Nous avons d'ailleurs du bon sens et de l'expérience, et c'est justement pour cela que nous tenons essentiellement à nous tromper.

Cela dit en forme de prologue, permettez-moi de vous rendre compte d'une petite pièce fantastique et à grand spectacle que j'ai montée hier dans ma chambrette afin de peupler ma solitude.

Je dois, en homme consciencieux, vous prévenir que je suis tout à la fois le directeur, l'auteur, le machiniste; le souffleur, l'allumeur.... et le public !... — Je suis sûr de ne pas être sifflé. — J'ai pour théâtre ma cheminée, mon âtre pour scène, et des bûches pour acteurs.

Mes coulisses sont dans le passé; quant aux décors, c'est une affaire d'imagination.

Attention !... je frappe trois coups... — de pincettes — et la toile lève ! — La toile, c'est le tablier de ma cheminée !...

— Quel beau spectacle et comme il est organisé ! Rien n'y manque : le feu chante et pétille pour tenir lieu d'orchestre.

La flamme naissante, indécise et capricieuse, erre comme une jeune fille à la piste d'un secret ; elle va, vient, se cache, revient et disparaît encore. Tantôt elle voltige légère comme un papillon, grâcieuse comme un sylphe, et mystérieuse comme un feu follet; tantôt elle vacille comme l'étoile qui veille au front du ciel ou la flamme du cierge qui brûle sur l'autel de Marie.... Puis, enhardie tout-à-coup, elle entoure ma chambre d'un long ruban de soleil. Alors, mes pensées réchauffées s'envolent en gazouillant, et le souvenir effeuille autour de moi sa couronne de roses.

Voilà pour le premier acte. Au second acte, le bois qui se consume chante et pétille encore. mais si tendrement qu'il semble me dire : Sans reproche, ami, c'est le deuxième bonheur que tu me dois. Aujourd'hui, je te donne ma chaleur, et jadis je t'ai prêté mon ombrage.

J'appartenais, de mon vivant, à l'arbre sous les branches duquel tu berças tes premiers rêves; je t'ai entendu épeler tes premières paroles d'amour, et je t'ai vu donner et recevoir des baisers qui chantaient pour ainsi dire en prenant leur volée. De là, tout un monde de rêves et d'illusions!...—Et les bûches toujours pétillantes et joyeuses semblent entonner en chœur le doux refrain de la chanson du passé.

Au troisième acte, la flamme s'agite, se tord et bondit échevelée : c'est l'image des luttes et des orages de la vie... — Puis elle danse, valse et s'éparpille, bleuâtre comme la flamme du punch... — Et, comme le punch fait naître une gaîté passagère, l'âtre ne manque pas de vomir un tourbillon d'étincelles.

Au quatrième acte, il ne reste plus qu'une bûche en scène. Elle frémit et pleure, et ses larmes éteignent le feu de même que la désillusion éteint la foi....

— Ici, la pièce devient sombre; il y a des coups de théâtre foudroyants.

Au cinquième et dernier acte, la scène représente un amas de cendres chaudes à peine, et je déserte mon foyer mort comme on quitte la fosse d'un ami, en me rappelant qu'ici-bas tout n'est que cendre et poussière.

MIAOU ! MIAOU !

L'autre jour, tandis que je me grattais le front comme pour frapper à la porte de cette capricieuse qu'on appelle l'idée, *Louloute,* ma vieille chatte favorite, me sauta sur l'épaule en débitant une filandreuse tirade de *ronrons* dictés par la reconnaissance.

Et, perdant de vue la route que je voulais suivre d'abord, je me pris, — tout en payant *Louloute* de retour, à réfléchir profondément sur la race des chats en général, et sur l'espèce humaine en particulier.

Quelques personnes poussent jusqu'à l'idolâtrie leur affection pour les chats ; d'autres les aiment plus décemment ; ceux-ci les caressent volontiers, ceux-là les supportent... mais, en résumé, ils ont contre eux une immense majorité.

Pauvres chats ! pauvres chats ! que l'opinion publique les traîne donc au banc d'infamie.

Pour moi, sans chercher à me faire l'avocat de leur cause, je vais jeter un rapide coup-d'œil sur leur triste situation.

A peine entré dans la vie, le chat est un *souffre-douleurs* des plus accomplis. Les petits garçons s'en amusent comme d'un polichinelle, et les petites filles comme d'une poupée. C'est tout dire ! — Et notez, s'il vous plaît, que la pauvre bête fait preuve d'une patience de saint.

Plus tard, les écoliers ne savent quel tour lui faire, quelle niche lui jouer. Que de savantes et cruelles combinaisons pour l'attirer dans le piége ! que de mystifications on lui fait subir ! que de tourments on lui fait endurer !

Tantôt c'est une chandelle allumée qu'on lui attache au bout de la queue, et tantôt c'est lui-même qu'on a la touchante fantaisie de pendre par une patte à quelque cordon de sonnette; et si le pauvre diable s'avise de se plaindre et surtout de se défendre, on crie à la perfidie, on vocifère à l'assassin.

Après de telles épreuves et mille autres encore, étonnez-vous que le chat se tienne sur la défensive, et que la méfiance lui fasse allonger la griffe! C'est le cas de dire ou jamais :

Chat échaudé craint l'eau chaude.

A part les vices que vous lui prêtez, il a des qualités domestiques sur lesquelles vous glissez trop légèrement. Il serait ennuyeux d'en faire l'analyse; aussi me bornerai-je à vous rappeler qu'il détruit les souris et les rats, ces implacables ennemis de la maison. Rien que cela, à mon avis, lui vaut bien quelque poids dans votre considération et quelque petite position sociale dans votre établissement.

Jusqu'ici, et je crois ne point avoir exagéré, le chat me semble un animal essentiellement et affectueusement domestique. Or, si vous persistez a l'écraser sous une grêle de coups de pied, je ne puis avoir qu'une pensée : c'est que l'homme n'a pris le chat en grippe que par pur esprit de concurrence, de rivalité. En effet, toute réflexion faite, je trouve que le chat, n'en déplaise au singe — est l'animal qui ressemble le plus à l'homme, et cela au physique comme au moral. J'irai plus loin : je crois que chaque personnage de la société a son type fidèlement reproduit parmi le peuple chat.

N'avons-nous pas de ces gros matous qui se drapent orgueilleusement dans leur robe fourrée absolument comme tel ou tel docteur d'importance? N'en voyons-nous pas d'autres se payer une pose de rentier, d'épicier retiré du commerce, ou de propriétaire empaqueté dans sa robe de chambre le lendemain matin d'un terme aventuré? N'avons-nous pas le chat comme il faut, le chat bien élevé, le chat aristocrate, puis le chat indépendant, cette espèce de *voyou* mal peigné, qui ne connaît qu'une chose : la souris; qu'un principe : la Bohême? N'avons-nous pas, pour faire parallèle aux amoureux de la haute école, ces chats troubadours qui se perchent sous une gouttière comme sous un balcon, afin de miauler à leur connaissance la romance sentimentale de leur flamme dévorante? N'avons-nous pas ces chats de mauvaises vie et mœurs, effrontés propres à rien, qui se font des bosses avec le mou des autres, et qui passent leurs nuits à réveiller les chats laborieux?

— Quant aux chattes, je me modère : ces dames m'en voudraient! Pour conclure, je crois donc franchement que l'homme et le chat sont faits pour vivre ensemble, ou alors les loups se mangent entre eux.

— Les chats? fi donc! ah! quelle horreur!!

Qui donc a crié au scandale? Est-ce vous, monsieur, qui égratignez vos amis en les embrassant? Est-ce vous, madame, qui déchirez le cœur en faisant les doux yeux? Est-ce vous, monsieur, qui applaudissez en face, et qui vous retournez soudain pour siffler en affectant une envie d'éternuer? Est-ce vous, madame, qui cachez dans une phrase pleine d'onction un de ces mots qui bouleversent l'âme, de même qu'on jette du tabac ou du poivre sur les roses d'un bouquet! Est-ce vous, monsieur, qui faites de si jolis petits vers, et qui avez des ongles si pointus? Est-ce vous, ma belle enfant, qui n'aimez personne et faites damner tout le monde? Est-ce vous enfin qui ensanglantez votre frère à cause d'une part un peu plus forte que la vôtre?

Pauvre nature! pauvres gens! — Vous l'avez dit : les chats sont traîtres. Eh bien! soit; et, si je l'admets un instant avec vous, c'est seulement pour vous dire que si de certaines gens ont *du chien dans le ventre,* l'humanité tout entière a du chat dans le cœur....

.... Mais *Louloute,* qui s'était échappée, vient de *ressauter* sur mon épaule; et, malgré ses *ronrons,* je suis tenté de la corriger en songeant aux lignes qu'elle m'a inspirées, aux quelques gouttes de fiel que j'ai jetées dans mon écritoire....

— Je lui ferai grâce, lecteurs, si vous êtes sans rancune, et si vous avouez avec moi qu'il n'y a pas dans tout cela, comme dit la phrase populaire.... *de quoi fouetter un chat!*

LÉS OISEAUX DU BON DIEU.

A MADAME CAMBOULAS.

I.

C'est aujourd'hui dimanche. — Dimanche!... c'est-à-dire la récompense après le travail, un rayon de soleil après la pluie, une goutte d'espérance au fond du calice d'amertume, un céleste ombrage après les fatigues accablantes de la route.

Dimanche, c'est-à-dire le repos, la joie, la prière et l'amour, le bonheur enfin!

Aussi, quelle fête!... Le village a revêtu ses plus beaux atours; de longs bouquets de saules forment les boucles de sa chevelure, les champs lui font une robe chargée d'épis et bordée de coquelicots; il a la prairie pour tablier, des roses pour écharpe, et, pour le mettre à l'abri du vent qui folâtre sans cesse, Dieu lui a jeté une mantille de soleil sur les épaules! Tout rayonne de poésie, frissonne d'espoir et étincelle de coquetterie. La brise secoue dans l'espace les notes enivrantes et parfumées de sa gamme mystérieuse; les jeunes filles, les oiseaux et les cloches ont pris leur volée; tout chante, babille et murmure, et les vieillards eux-mêmes endossent l'habit des grands jours en fredonnant des refrains blancs de la poussière de soixante ans !

Et moi qui me recueille et prie sous les ailes du passé, je viens m'asseoir au seuil de l'humble toît de mon père. Là, j'aime à suivre des yeux les hirondelles, et, comme le captif de Béranger qui les interroge sur les choses de ce monde, je les supplie, moi, de m'apporter un souvenir de ceux qui l'ont déserté; et, trouvant l'abri de mon enfance silencieux comme le jardin des morts, je me prends à pleurer en murmurant ·

> Vous qui chantez et qui battez des ailes,
> Doux voyageurs, messagers du ciel bleu,
> Du paradis donnez-moi des nouvelles :
> N'êtes-vous pas les oiseaux du bon Dieu ?

II.

Elle avait dix-huit ans, les joues pâles et les lèvres roses; ses yeux brillaient comme des étoiles, sa voix était douce comme la musique d'un rêve, et son souffle parfumé comme un bouquet de violettes.

Chaque matin, elle apparaissait à travers les rideaux de sa fenêtre comme la lune derrière un nuage de pourpre et d'or; et, chaque soir, elle priait à l'église avec tant de recueillement qu'on l'eut prise pour la blanche et immobile statue de la vierge. Je l'aimais saintement, son âme brûlait dans la mienne, et son regard était un soleil pour moi. Je lisais sur son front le poème de sa pensée, et mes chastes baisers en feuilletaient pour ainsi dire toutes les pages.

Elle s'appelait—je l'appelais ma sœur. Pour moi, cette suave jeune fille était grande comme la Foi, douce comme l'Espérance, et sublime comme la Charité.

Je la voyais chaque jour; et, chaque jour, nous faisions une de ces promenades que, seuls, doivent connaître les anges du paradis !

....Mais, un matin, sa fenêtre ne s'ouvrit pas..., les fleurs qui l'encadraient furent privées d'un sourire et d'une goutte d'eau, et ses petits oiseaux babillèrent en vain leurs chansonnettes; aucun baiser ne glissa sur leur tête mignonne, nulle miette de pain ne tomba dans leur cage !

Une fièvre ardente brûlait les jours de ma bien-aimée, et tandis que l'amour priait à sa porte, un noir fantôme montait la garde à son chevet.

— Comment va-t-elle? damandai-je le lendemain à sa bonne vieille mère.

— Mal; me répondit-elle tout bas.

— Comment va-t-elle? répétai-je le soir du même jour.

...— Oh ! bien mal !... me répondit-on d'une voix entrecoupée.

.... — Mon Dieu !... comment va-t-elle? répétai-je le lendemain encore?

On ne me répondit point... mais on pleura... — et je compris en pleurant moi-même !

. . . .

La tombe de ma bien-aimée se cache là-bas sous un manteau de gazon; mais la tombe n'est que la prison de la poussière, tandis que vous, mes hirondelles, filles du

printemps, nées peut-être du souffle des âmes envolées,
vous devez pouvoir me répondre si je vous interroge, et
me faire une confidence si ma douleur vous en supplie...
Voilà pourquoi je vous répète dans mon isolement :

> Vous qui chantez et qui battez des ailes,
> Doux voyageurs, messagers du ciel bleu
> Du paradis donnez-moi des nouvelles :
> N'êtes-vous pas les oiseaux du bon Dieu ?

III.

Il avait vingt-deux ans, le front large, les cheveux
blonds, et de longs yeux noirs pleins d'amour et de mélancolie ; la beauté rayonnait sur ses lèvres, et dans
chacune de ses paroles pétillaient les étincelles du vaste
foyer de son âme.

Il était poète. Son nom vous est connu,—moi, je l'appelais mon frère.

Un jour, il déserta les sentiers du village pour les rues
de Paris, et sa muse, douce comme la brise du matin,
devint sombre et colère comme un vent d'orage ! Six ans
plus tard, par une froide soirée de novembre, quelques
jours après la Toussaint, j'étais nonchalamment assis sous
la grande cheminée de cette pauvre masure ! Il y avait
bonne et nombreuse compagnie à la veillée !

Le sarment faisait claquer son fouet ; le rouet des bonnes femmes, la langue des petites filles babillaient à qui
mieux mieux, les vieillards, pipe à la bouche, bonnet sur
l'oreille et jambes et bras croisés, s'entretenaient gravement du maire et du curé de leur commune ; enfin, les
jeunes gens, entre nombreuses parenthèses d'œillades et
de baisers, racontaient des histoires faites pour donner
le frisson, des histoires sombres comme l'enfer et longues
comme une nuit d'insomnie.

...— Tout-à-coup, un homme entra : c'était le facteur !
Il apportait une lettre de Paris : elle était à mon adresse.

Je la pris en tremblant... Elle était scellée d'un cachet
noir !... Je l'ouvris avec résignation.

. . . .

Mon ami, mon frère, mon poète venait de mourir !
— de mourir sur le grabat d'un hôpital !

Sa tombe à lui, sa tombe aussi tourmentée que sa vie,
est là-bas... tout là-bas !

J'ai son livre, mais je voudrais pouvoir recueillir un
souvenir de son âme rendue à Dieu et caresser du regard,
une minute seulement, son grand et doux visage qui,
chaque matin, rayonnait comme un soleil, et chaque nuit
veillait dans l'ombre comme une lampe.

Après m'avoir pris l'amour et l'amitié, le ciel m'a ravi
mes plus vieilles affections.

J'ai la poésie pour toute famille, et la poésie c'est l'a-
mour, c'est l'amitié, c'est le souvenir, c'est l'espérance,
c'est la foi, c'est la vie.

Non cette vie de fange et d'égoïsme, mais celle des rêveurs, des anges et des vierges, celle qui plane sur la
matière, qui triomphe de la mort et voltige sur une tombe
avant d'aller, fauvette éternelle, gazouiller dans les plaines
de l'idéal et de l'immensité.

Mais, en attendant qu'il plaise à Dieu de briser la
chaîne qui m'attache à ce monde, oh ! je vous en supplie,
mes hirondelles bien-aimées !

> Vous qui chantez et qui battez des ailes,
> Doux voyageurs, messagers du ciel bleu,
> Du paradis donnez-moi des nouvelles :
> N'êtes-vous pas les oiseaux du bon Dieu?

LA ROBE DE SOIE.

Un fol essaim de jeunes femmes bourdonnait devant l'étalage d'un splendide magasin de nouveautés.

— Tout cela est bien beau ! disait l'une, et je sens ma bourse qui se mord les lèvres !

— Sont-elles heureuses, disait l'autre ces grandes dames qui peuvent se draper majestueusement dans ces étoffes éblouissantes. Aussi, elles voltigent comme des papillons tandis que nous rampons comme des chenilles.

— Les pauvres filles, disait celle-ci, ne devraient jamais s'arrêter devant ces pompeux étalages.

— C'est vrai, continuait celle-là : quand on s'aperçoit dans la glace, après avoir contemplé toutes ces belles choses, on rougit de ses haillons !

— Oh ! moi, dit une cinquième qui s'appelait Marie Rose : je ne suis point coquette, mais cependant je ne mourrai contente que lorsque j'aurai eu une robe de soie ! une robe de soie, oh ! voyez-vous, c'est l'âme de tous mes rêves, le but de tous mes efforts !...—Oui, j'avoue cette faiblesse, mais j'ai tant de fois été humiliée à cause de ma pauvreté que je veux au moins la cacher sous une enveloppe brillante, oui ; j'aurai une robe de soie ! mais, je veux la gagner noblement, — noblement, car pour me venger d'un affront, je ne veux point avoir à rougir !

Et nos curieuses babillardes se dispersèrent bientôt.

Or, Marie Rose avait seize ans, et elle portait son nom à ravir : cela nous dispense de tout éloge.

7

Sa mère était morte depuis deux ans, et son père... son père n'avait jamais existé pour elle !

Marie Rose semblait n'être point de ce monde : elle vivait retirée dans sa mansarde comme un oiseau oublié dans son nid, et lorsque sa tête de madone apparaissait à la fenêtre, les voisins se demandaient si ce n'était point quelque ange gardien qui attardé auprès de son protégé, se disposait à étendre ses ailes pour remonter au céleste séjour.

Marie Rose travaillait ardemment, et le produit de son travail lui permettait de vivre. — Il faut si peu de chose à une frêle créature ! — Mais songer à s'acheter une robe de soie avec ses économies, c'était une utopie d'innocente jeune fille.

Les pauvres ouvrières, en général, peuvent manger en travaillant, mais voilà tout. Un jour, Marie Rose tomba malade : ses joues étaient devenues pâles comme des marguerites blanches, ses yeux, hier encore pleins de soleils, étaient humides de larmes étranges, et son cœur battait violemment. La pauvre fille qu'aucune affection ne rattachait à ce monde disait à ses jeunes compagnes qui la soignaient tour-à-tour :

« Allons, je le vois, je le sens, c'est fini : je mourrai sans avoir ma robe de soie !...» Et elle poussait un soupir déchirant.

Dans la maison où logeait Marie Rose, logeait aussi un élégant, espèce de désœuvré ennuyé de ses vingt-cinq ans, et flairant toutes les occasions susceptibles de lui causer quelque distraction de cœur.

Dès qu'il sut que Marie Rose était malade, il s'empressa de franchir les cinq étages qui séparaient sa chambre de la sienne, et frappa timidement à la porte...

— « Entrez, dit une voix douce et frissonnante. » Et

notre dandy s'avança avec une précaution pleine, en apparence, de respect et de délicatesse.

.... — Pardon, mademoiselle, murmura-t-il d'un ton sympathique et pénétré; mais j'apprends que vous êtes souffrante, et j'ose prendre la liberté de venir vous offrir quelques secours dont vous pourriez manquer.

Marie Rose rougit.

— « Oh! mademoiselle, reprit le dandy: ne soyez point offensée; ma démarche est loyale avant tout. J'entre chez un malade et non chez une jeune fille. »

Et Marie Rose le remercia d'un sourire imperceptible.

Pendant quelques jours, Alfred, — c'est le nom de notre dandy — vint assidûment voir Marie Rose; puis, celle-ci retrouva la santé, et avec la santé, les refrains et le travail.

Un soir, elle revenait joyeuse de l'atelier lorsqu'Alfred lui frappa légérement sur l'épaule.

— Hé bien! ma charmante malade, sommes-nous tout-à-fait rétablie?...

— Oh! grâce à Dieu, monsieur, et aux bons soins que vous m'avez fait prodiguer; aussi, toute ma reconnaissance vous est acquise; et, sans mon isolement de jeune orpheline, je serais allée vous remercier du plus profond de mon cœur.

Alfred était ému de cette naïveté, mais il n'y trouvait point son compte: les gens de son espèce placent leurs fonds sur la tête de la vertu, mais ils prétendent à d'immenses intérêts.

Marie Rose allait prendre congé d'Alfred, lorsque celui-ci la retint gracieusement par le bras et lui dit:

— « Ah! c'est bien mal; vous me parlez de reconnaissance et vous me fuyez ainsi! s'il est vrai que vous ne soyez point ingrate, permettez-moi de vous accompagner jusqu'au seuil de votre porte. »

Et Marie Rose, le cœur plein d'une reconnaissance affectueuse, abandonna son bras à Alfred.

Puis, nos deux jeunes gens marchèrent silencieusement: l'un, fier comme un vautour qui va saisir sa proie; l'autre, douce et tremblante comme une colombe qui étend ses ailes pour la première fois.

Au bout d'un quart-d'heure environ, ils arrivèrent devant l'étalage où Marie Rose et ses compagnes s'étaient arrêtées, lorsque nous les avons rencontrées.

— Que de jolies choses ! dit Alfred.

— Oui ; dit Marie Rose en soupirant.

Et Alfred se mit à faire l'analyse de l'étalage en jetant un regard d'aigle sur la pauvre fille qui n'osait lever les yeux.

Elle resta calme et impassible au point de déconcerter Alfred ; mais, lorsque celui-ci eût prononcé ces mots: Oh! quelle éblouissante robe de soie !... Il vit passer un éclair sur le visage de Marie Rose ; et un rire de Satan courut sur ses lèvres.

.... Le lendemain, à son réveil, Marie Rose trouva sur sa petite table un carton entouré de faveurs bleues. Elle l'ouvrit précipitamment, y trouva une lettre brûlante et parfumée, puis... — puis la robe de soie qu'elle avait si longtemps rêvée.

Et pourtant, ce jour-là, elle descendit triste, honteuse, sans oser regarder personne sur sa route... — Et pourtant, aussi, ce jour-là, c'était le premier mai, fête de la vierge et des roses.

Que s'était-il donc passé dans le cœur de la jeune fille ?..

Le dimanche suivant, Marie Rose sortit... Elle était pa-

-rée de sa robe éclatante comme un soleil !... — Mais elle
ne sortit pas seule !

. . . .

— Enfin, un an plus tard, les curieux appuyés contre
la rampe de la Morgue s'attendrissaient à la vue d'un cadavre de jeune fille.

Au-dessus de la tête de l'infortunée, pendait une robe
de soie honteuse des lambeaux de sa misère !

Ce jour-là, c'était encore la fête de la vierge et des roses,
c'est-à-dire, le premier mai... — Hélas ! Marie était morte
et Rose était effeuillée.

AVEZ-VOUS VU MON CHAPEAU ?

Avez-vous vu mon chapeau, Messieurs, ou vous, Mesdames ? Il est veuf de son poil et porte les cicatrices des
blessures que lui ont faites le vent, le soleil et la pluie. Je
l'aimais comme on aime un souvenir ; j'y tenais comme on
tient à un vieux et fidèle compagnon. Mon affection ne
repose point sur une vile question d'intérêt ; il ne m'a
coûté que 3 fr. 50 c. et je le portais depuis cinq ans ! C'est
à peine si le plus infime des chiffonniers lui ferait les
honneurs du crochet ; mais il m'est aussi cher que le petit
chapeau de l'Empereur pourrait l'être au vieux grognard !
C'est que, lui aussi, mon pauvre chapeau, il a eu ses jours
de fête et de deuil, ses victoires et ses défaites ! Le temps
du repos avançait pour lui ; ma reconnaissance lui prépa-
rait un Panthéon dans le fond de mon armoire, et tout-à-
coup, ô douleur ! voici qu'un maudit coup de vent l'em-

porte... peut-être sur la tête d'un indifférent qui ne le jugera que sur les apparences !

Ah ! je vous en prie, Messieurs, et vous, Mesdames, avez-vous vu mon chapeau ?

Quand je vous dis qu'un coup de vent me l'a ravi, c'est une manière de m'exprimer comme une autre.

Voici le fait :

J'arrive l'autre jour dans une maison d'étiquette, et pour ne point l'exposer au sarcasme des gens bien coiffés. je glisse humblement mon humble chapeau dans le plus obscur recoin que mon regard ait deviné, et une fois ce cher amour à l'abri, je me livre avec sécurité à toutes les péripéties de la conversation.

Au bout d'une demi-heure je dois me retirer, je m'incline, m'efface, et cours au recoin que vous savez avec autant de bonheur qu'un petit oiseleur pourrait courir au buisson qui cache le nid de toutes ses espérances. Mais, ô déceptions de ce bas monde, amertume de la vie, malédiction, fatalité ! !... mon bien-aimé chapeau avait disparu, et je trouve à sa place une espèce de feutre entouré d'un crêpe ! Mon front se mouille, mon cœur se serre, et, dépouillé de tout sentiment de honte, j'interroge avec anxiété. Hélas ! personne ne peut me renseigner, nul ne reconnaît le feutre crêpé ; on suppose seulement qu'un visiteur étourdi aura pratiqué aveuglément le commerce du libre échange ! Que dire ? que faire ? Je prends mon parti... et ma nouvelle coiffure, et puis en route !

— A la bonne heure ! s'écrient ceux-ci ; voilà du moins un chapeau convenable !

— Enfin, disent ceux-là, vous vous êtes donc décidé à donner un successeur à votre pauvre chapeau ?

— Tiens ! vous avez là un joli chapeau !

— Cher ami, je vous fais mes compliments ; je n'ai jamais voulu vous froisser, mais puisque vous avez compris la nécessité de... enfin... je puis vous avouer maintenant que votre tête a gagné 75 pour 100.

— Coiffé comme cela, mon cher, tu peux t'éviter de saluer, tandis qu'hier encore on ne te rendait pas ton salut !

— Bravo ! vous ferez merveille ! Je suis enchanté de votre acquisition ! A la bonne heure, que diable ! Un chapeau sans tête peut aller loin ; mais qu'est-ce qu'une tête sans chapeau ? Vous allez faire votre chemin. —

C'est ainsi que, sous forme d'attentions bienveillantes, les épigrammes pleuvaient sur mon passage. Mais comme la vanité est un sentiment cloué dans l'organisation humaine, je me laisse aller à l'ingratitude et finis par donner un coup-d'œil de caressante satisfaction à mon chapeau de rencontre.

Messieurs, et vous, Mesdames, si vous rencontrez mon vieux, mon délabré, mon véritable chapeau, je vous en prie, faites semblant de ne pas l'apercevoir.

Je poursuis donc ma route, le vent n'étant plus a l'épigramme.

— Tiens ! mon pauvre ami, est-ce que vous avez perdu quelqu'un ?

— Non, dis-je avec un soupir, mais j'ai perdu quelque chose !

— Mais enfin, vous êtes en deuil ?

— Oui, sans doute, et, à mon air si tranquillement ému, vous devinez que j'ai fait un héritage ?

— Oh ! mon ami, la main sur le cœur, je vous jure que je ne fais aucune plaisanterie.

— Ni moi non plus.

— Alors je m'y perds[1]

— C'est bien simple pourtant ; on a pris mon vieux chapeau par mégarde, et on m'a laissé celui-ci à la place. Or, je porte le deuil de mon vieux chapeau, et j'ai hérité d'*un neuf*.

— Comment d'*un œuf?*

— Hé bien oui, parbleu, d'un chapeau neuf! Et, toute réflexion faite, je souffre, car :

Entre les deux mon cœur balance,

et je sens que ma conscience m'égratigne.

— Alors, tâchez de retrouver le propriétaire du chapeau neuf; ça ne doit pas être bien difficile.

— Sans doute, mais je suis si bien coiffé !

— Alors de quoi vous plaignez-vous? Seulement, enlevez ce crêpe dérisoire !

— Bah ! est-ce bien nécessaire? On porte le deuil de tant de choses tous les jours! Et puis, je vous le répète, je porte le deuil de mon chapeau ; c'est une convenance, c'est un usage, c'est un devoir !

— Allons, soit, dit mon ami, bonne chance et au revoir...

— Je rentre chez moi, taille ma plume et griffonne l'article que vous lisez. Tout-à-coup : pan pan pan pan ! Je cours ouvrir.

— « Monsieur, on m'a dit que vous étiez possesseur de mon chapeau, et je prends la liberté de rapporter le vôtre. »

— Ah! Monsieur! mille pardons de la peine; j'allais moi-même passer chez vous dans la matinée. —

— Ah ! Monsieur, vous êtes trop bon! —

— Voici, Monsieur.

— Voilà, Monsieur.

— Monsieur, je vous salue, au plaisir de vous revoir.

— Bonjour, Monsieur.

Et là-dessus, v'lan ! je ferme ma porte. Je repose fière-
ment mon vieux chapeau sur ma tête... j'ai plus mauvaise
mine, mais je suis plus calme, et je dis, en allumant ma
pipe : Bah ! un chapeau ça se retape, mais une conscience,
jamais !

PORTRAITS A LA PLUME.

LE GAMIN DE LETTRES.

Le *gamin* de lettres peut avoir dix-huit ans comme il
peut en avoir quarante : — la morgue et la nullité n'ont
pas d'âge. — Le gamin de lettres ressemble à tout le
monde, mais il suffit, pour le reconnaître, de l'écouter
pendant cinq minutes seulement. Il parle de la littérature
comme de sa propre famille, et traite les grands maîtres
comme s'ils étaient ses véritables laquais. — Ce qui ne
l'empêche nullement d'aller leur lécher les mains à la
première occasion. —

Selon le gamin de lettres, Molière est rococo, et Cor-
neille assez ordinaire ; Lamartine est une grande flûte
sans harmonie, Hugo un extravagant sans originalité, et
Béranger, le roi de tous, en dépit de ses modestes chansons, pourrait à peine tenir tête aux derniers poètes de
cabaret.

Le gamin de lettres se sent plus fort, lui tout seul, que
ces gens-là réunis !

Aussi son génie est-il incommensurable si nous prenons la peine d'enregistrer les bonnes fortunes qui doivent, dès demain, pleuvoir sur sa tête comme des alouettes rôties. La célébrité court après lui, l'illustration le guette au passage et la gloire se jette à ses pieds.

Il a trois pièces reçues aux Français et dix sur les boulevarts ; il a traité hier même avec deux éditeurs pour une série de romans comme nul n'en a jamais écrit, etc., etc. Mais les pièces sont encore à faire, les romans sont encore à écrire.

Pour bien juger le gamin de lettres, examinons-le sous tous les rapports, après l'avoir entendu.

Vieux ou jeune, il est généralement plein d'une prétention qui vise à la coquetterie : il lit dans les rues, et écrit partout où il se trouve. En dehors de ces deux exercices, il se montre toujours rêveur, sombre, inquiet, préoccupé, il se gratte sans cesse le front comme pour chatouiller une idée, et affecte d'avoir des distractions pour se donner des airs de grand homme.

Mais voyons-le à son poste d'honneur, c'est-à-dire à cheval sur l'imagination, et l'épée — nous voulons dire la plume à la main.

Hélas ! son imagination ronfle comme un sabot, et sa plume bâille comme une huître ! — Il est juste d'ajouter que la plume du gamin de lettres est taillée en lyre, en flèche ou en cœur, et qu'il ne saurait la noircir ; il lui faut, sur un papier blanc comme les épaules de sa muse, une encre bleue comme la robe d'un beau ciel, ou rose comme les joues du printemps.

Quant à ce qu'il écrit, si c'est insignifiant, il a le droit de signer ; dans le cas contraire, chacune de ses pages ressemble à un cimetière plein de revenants, ou à un salon de réception peuplé d'illustres personnages.

Le gamin de lettres est le cordonnier en vieux de la littérature; il a la manie de faire *la chasse à l'album,* et accapare toujours le premier feuillet, en ayant soin de faire à sa signature une couronne de tous ses titres plus ou moins considérables.

Il rôde autour de la pensée comme un chat au seuil de la cuisine, et, pêcheur à la ligne dans le fleuve de l'inspiration, il se console de sa mauvaise chance en faisant frire le goujon des autres. S'il n'a pas la moindre idée, en revanche, il a une admirable mémoire, et quand vous vous permettrez de lui reprocher ses inconvenances littéraires, il vous répondra ce fameux vers de Musset :

Rien n'appartient à rien; tout appartient à tous!

Il traduit cette pensée avec beaucoup d'aplomb, et, fort de ce raisonnement, le gamin de lettres vole tout le monde.

Si seulement il avait la franchise et le courage de son opinion!... Mais loin de là, il passe sa vie à s'affubler des habits d'autrui après les avoir retournés ; il brocante avec tout ce qui lui tombe sous les yeux, biffe, gratte, efface, habille, déshabille et réhabille à sa façon les phrases et les pensées de tel ou tel, puis il les présente sans rougir à dame Publicité. Heureusement que celle-ci n'est pas chef d'orchestre d'un bal masqué, et qu'on ne se mêle à ses quadrilles qu'avec un visage découvert.

Or, le masque tombant, le gamin de lettres est reconnu.

Bien des gens diront que le gamin de lettres imite ses devanciers ou ses contemporains.— Erreur ! — Le gamin de lettres singe tout le monde, mais il n'imite personne.

Ce qu'il y a de plus étrange, c'est que le gamin de lettres, si dédaigneux envers les maîtres, oppose les grands noms à tout nouveau venu dont le talent est proclamé.

Il déchire à belles dents ces véritables apôtres de la littérature qui ne battent pas monnaie avec l'art, mais qui élèvent un autel à la poésie entre le fantôme de l'espérance et le spectre de la faim ! Il se révolte lorsque de certains travailleurs osent prendre la plume, encore affublés de leur défroque d'atelier ! Ce qui lui fait mal surtout, c'est de rencontrer chaque jour le génie qui n'a rien appris à côté de l'ignorance qui a tout étudié.

Nous achèverons ce portrait en trois coups de plume.

Le gamin de lettres a le cœur sec, le front plat et des moustaches frisées en cornes d'escargot.

—

LE COCHER.

Salut et respect au cocher !... C'est un des membres les plus recommandables de la société ; c'est un savant ; c'est peut-être un grand homme !

Il a fait mieux qu'un voyage autour du monde ; il a accompagné et il accompagne chaque jour la pauvre humanité dans ses courses les plus intimes, les plus pressantes, les plus mystérieuses.

Riche d'expérience et de philosophie, il regarde sa boîte comme un théâtre des plus intéressants ; et, nonchalamment jeté sur le siége dont il s'est fait une stalle, il fume gravement sa pipe en songeant à cette pelotte de ficelle embrouillée qu'on appelle la vie.

Si le cocher était lettré, il écrirait des pages dignes de

la grande plume de Balzac; car, bien que tournant le dos
à la scène, il est placé dans les meilleures conditions pour
rendre compte de cette pièce dont le dernier acte ne finira
qu'avec le monde: la comédie humaine.

Le cocher a l'oreille assez fine pour entendre tout sans
avoir l'air d'écouter; il louche suffisamment pour tout
voir sans se retourner; et, au besoin, la figure de son
client est un livre dont il devine les moindres chapitres à
première vue.

Le cocher est à l'humanité qui prend voiture,—et quel
être n'a pris voiture?—ce qu'est la table des matières à
un volume quelconque.

Comme il est beau sous son humble chapeau de carton
galonné d'argent, lorsqu'il trône sur son siége en traversant
les rues de Paris! Comme il écrase de son regard dédaigneux et superbe tous ces fats qui se donnent des airs de
grand seigneur et qui lui doivent encore le pourboire de
leur dernière course! Comme il rit sous sa perruque de
Polichinelle en reconnaissant, dans ce bal masqué qu'on
appelle la foule, tous ces beaux messieurs à la démarche
grave, imposante et solennelle, et qui, hier encore, prê-
taient si fort à la caricature dans l'intérieur de son pa-
villon roulant! Comme il siffle son air favori lorsque de
certaines dames de réputation s'en vont doucement, la tête
inclinée du côté du cœur, un voile sur les yeux et un pa-
roissien sous le bras!

Aussi grossière que soit son enveloppe, le cocher doit
avoir de *l'artiste* au fond de l'âme. Est-il une charge qui
n'ait point frappé ses yeux, un type qu'il n'ait pu crayon-
ner dans son imagination, une page d'intrigue qu'il ne
sache par cœur, et même un petit mystère qu'il n'ait su
débrouiller?

Au besoin, le cocher serait un étrange recueil d'histo-
riettes, ou un livre de renseignements que les uns feuille-
teraient en riant, les autres en pâlissant, ceux-ci en se
mordant les lèvres, ceux-là en s'arrachant les cheveux...
—et tout le monde en baissant la tête... — car ce livre
serait une glace dans laquelle chacun se reconnaîtrait.

Heureusement que la qualité prédominante du cocher est
une discrétion à toute épreuve. Il sait d'ailleurs mieux que
personne que la moitié du monde se moque de l'autre ;
que les volés d'hier sont les voleurs d'aujourd'hui ; que les
traîtres de ce matin seront les victimes de ce soir ; que la
vie est une course aventureuse, un labyrinthe, un casse-
cou ; et que les hommes sont tellement pétris qu'ils n'ont
rien à se reprocher ni les uns ni les autres !...

Là dessus, il débourre sa pipe, l'allume, et avec un
sang-froid plein de goguenarderie, il vous crie :

— Par ici, mon bourgeois !

Vous grimpez dans sa grosse malle de voyage, il fouette
ses chevaux en songeant à l'humanité, et vous emporte,
heureux et content comme un commis du diable ayant
raccolé une âme en peine.

Il est inutile de vous dire que le cocher a une face res-
plendissante, des joues nuancées comme des feuilles de
vigne à leur chute, un nez à la Grégoire, des lèvres qui
jouent l'arc-en-ciel, — grâce aux traces du tabac, de l'o-
melette et du petit bleu. — Et enfin, preuve irréfutable
de sa discrétion, une bouche vaste et profonde comme la
caverne de l'oubli !

BOUTADES.

La vanité est un papillon, l'amour-propre un ver à soie et l'orgueil une chenille.

—

Au temple de l'Immortalité il y a des locataires qui ne payent pas leur terme.

—

Il y a des gens qui n'écrivent jamais qu'au crayon, parce que leur conscience est un morceau de gomme élastique.

—

Le cœur de l'homme est peuplé d'illusions comme le nid du chaume est peuplé d'hirondelles. — Les hirondelles nous quittent, mais elles reviennent toujours; les illusions s'envolent, mais on ne les retrouve jamais.

—

Un flâneur sans argent est un chien qui se promène la corde au cou.

—

Un bon bec de plume vaut mieux qu'une bonne pointe d'épée.

—

Le monde est un théâtre où les figurants sont en scène et les acteurs dans les coulisses.

—

Les étalages des bouquinistes sont la fosse commune des cimetières de la littérature.

—

La guerre est un jeu de quilles en chair et en os.

—

Dans la vie, on a souvent tort d'avoir raison.

—

De nos jours, la Renommée a échangé ses ailes et sa trompette contre un pot à colle et des affiches.

—

La conscience est un boule-dogue qui aboie dès qu'on veut lui faire une niche.

—

La réflexion est le Barbe-Bleue de l'enthousiasme, et l'analyse est le Croquemitaine de la foi.

—

Il y a des gens qui ont trop de cœur pour avoir de l'esprit, et d'autres, trop d'esprit pour avoir du cœur.

—

La vie est un cabriolet qui a l'orgueil et la cupidité pour roues, le hasard pour cocher, et l'ambition pour cheval.

—

L'espérance ressemble à un mauvais payeur: elle acquitte rarement les billets qu'elle a souscrits.

—

Une goutte de vin réchauffe, une goutte d'eau désaltère, une goutte d'huile tache, — une goutte d'encre peut empoisonner.

—

Les lorettes prétendent qu'un cœur novice dans une poitrine brûlante est sur le point de ressembler à une oie cuite au four.

—

D'après certains amoureux qui *fument* au-delà de toute

expression, le cœur de la femme ne serait qu'une blague...
à tabac.

—

L'auteur ressemble à un pêcheur à la ligne et le lecteur
à un goujon : si ce dernier ne mord pas, c'est le premier
qui est frit.

—

L'expérience, c'est la moutarde après dîner.

Un cœur qui bat trop vite ne peut battre longtemps.

—

Les plus belles couronnes sont celles qu'on arrache aux
buissons.

—

Le sourire est un reflet du soleil de l'âme.

—

Quand les yeux se mouillent, c'est que le cœur est à
l'orage.

—

Le rêve dans le sommeil, c'est la préface de l'immortalité
de l'âme.

—

L'hôpital est le prologue du drame de la mort.

—

Il y a des gens dont le cerveau est une véritable bou-
teille à l'encre.

—

La présomption est la sangsue du cœur et la vermine
de l'intelligence.

—

Il y a des gens qui ne se regardent jamais dans la glace.
—Absence de fatuité, direz-vous.
Erreur ! ces gens-là auraient peur de s'éblouir !

La vie est un prêt ; quand la mort exige rembourse-
ment, c'est que Dieu refuse crédit.

—

Le temps est le chauffeur de la locomotive qui prend
les voyageurs à l'embarcadère de la vie, pour les traîner
jusqu'à la gare de l'éternité !

—

La Poésie est un papillon que tous les faiseurs de vers
n'attrapent pas.

—

Notre existence est un gros sou que le destin joue à pile
ou face.

—

Les fleurs sont les échantillons de la robe des beaux
jours.

—

Le Temps est un vieux chiffonnier ; sa hotte est le néant,
et son bazar, l'éternité.

—

L'homme travaille pour manger, et le génie meurt pour
vivre.

—

La pensée ressemble au feu : la tête de l'homme est
l'âtre où elle s'allume, et un cerveau trop ardent est une
cheminée qui brûle.

—

L'âme est une rose et la prière est le parfum qui s'en
échappe.

—

Le doute est la pierre infernale qui ronge le cœur humain.

—

Le poète est un violon qui a la misère pour étui, les souvenirs pour cordes, l'amour pour archet, et Dieu pour maître.

—

Il y a des poètes qui poussent parmi les travailleurs comme les bleuets et les coquelicots dans les blés.

—

Les ivrognes ne connaissent d'autre vierge que la vigne, d'autre chapelet que le raisin, d'autre cantique que la gaudriole.

—

La coquetterie est un buisson aux branches duquel la plupart des jeunes filles laissent le premier lambeau de leur robe virginale.

—

Il est des rires sous les pleurs et des larmes dans un sourire.

—

Le silence est l'éloquence du mépris.

—

Ce monde est un moulin ; les hommes sont des grains de blé, et la fatalité est la meule qui les écrase.

—

La pensée est une serrure dont la langue est la clé.

—

La mort est le berceau des générations endormies.

—

Le malheur est une averse, et l'insouciance un *riflard*.

—

L'amour de celles-ci est un feu de paille ; et l'amitié de ceux-là une allumette chimique.

—

Le bonheur est locataire d'une maison qui n'a ni escaliers, ni portes, ni fenêtres.

—

Les yeux de la femme sont des feux-follets qui dansent dans la nuit des passions humaines.

—

La femme est forte de sa faiblesse.

—

L'inquiétude s'installe dans l'esprit comme une mouche sur le bout du nez.

—

Il y a des figures qui ressemblent à des portes fermées à double tour.

—

Un baiser, c'est la première lettre de l'alphabet de l'amour.

—

Courir après son but, c'est souvent courir après son ombre.

—

La vérité est une pilule amère: que de confitures, hélas ! pour la faire avaler !

—

Un mot peut perdre un homme et des millions ne peuvent le sauver: cela dit toute la grandeur du cœur humain.

—

La tombe est le piédestal de l'immortalité.

—

La pensée naît dans le cerveau de l'homme comme la marguerite pousse au bord du chemin.

—

La politesse est une coquette, et la franchise est une bonne fille.

La tête est la femme du cœur, aussi ce dernier est-il malheureux en ménage.

—

Il y a un certain rire qui ressemble à une arbalète.

—

Puisqu'il n'y a pas de roses sans épines, pourquoi donc y a-t-il des épines sans roses ?

—

Les larmes sont la rosée de l'âme.

—

Le regard d'un hypocrite est un fusil à deux coups. .

—

L'amour est un chat et la vertu une souris.

—

L'impatience est une poule mouillée, le sang-froid est un lion.

—

Le front de l'homme ressemble au ciel : il a ses rayons de soleil, ses nuages et ses étoiles.

—

L'intitulé d'un ouvrage est un billet à l'ordre du lecteur. On sait que les auteurs paient rarement leurs dettes.

—

L'homme se retourne dans la société comme un malade dans son lit.

—

Il y a des amis qui ressemblent aux champignons..., ça pousse vite, mais c'est dangereux.

Au matin de la vie, le cœur chante comme un coq et l'âme se plait à caqueter comme une poule. Mais vers midi, arrive un renard qui les croque : c'est le savoir.

Les roseaux sont des musiciens qui ont le vent pour chef d'orchestre.

—

La littérature a ses poitrinaires : ils crachent de l'encre et vomissent de la boue.

—

Elle a aussi ses acrobates : ils jonglent avec les mots, pirouettent sur la phrase et escamotent la pensée.

—

La femme a le paradis dans les yeux et l'enfer dans l'âme.

—

L'amour est un feu d'artifice dont l'hymen est le bouquet.

—

La tombe n'est pas le néant, c'est l'escalier dérobé de la vie.

—

La conscience est immortelle : de là des élus et des damnés.

—

Ne cherchez l'oubli ni dans l'ivresse, ni dans le sommeil, ni dans la mort ; vous le trouverez dans le dictionnaire seulement ;—car ce n'est qu'un mot.

—

Le soleil est le sourire de Dieu comme la brise en est le souffle.

—

La gloire ressemble aux décors de théâtre ; ne cherchez pas à la voir de trop près.

—

La vie est un mensonge éternel.

—

L'idée est un pistolet qui tue presque toujours celui qui le charge.

—

Il est de ces pensées qui veillent sous le front et dans le cœur de l'homme comme une lampe sainte qui brûle sous la voûte de l'autel.

—

Le grand monde ressemble à des ailes de papillon : soufflez dessus ou touchez-le seulement du bout du doigt, et bonsoir la magnificence.

—

La versification est une pendule dont la rime est le balancier.

—

Le cœur de bien des gens est une porte cochère dont l'amour-propre est le concierge.

—

L'humanité n'est qu'une vieille marionnette : l'amour, l'orgueil et la cupidité sont les trois fils qui la font mouvoir.

TABLE

—

www.ingramcontent.com/pod-product-compliance
Lightning Source LLC
Chambersburg PA
CBHW060843250626
47162CB00005B/2150